그의 덫

그의 덫

BLACK
PAPER

차례

그의 덫 … 6

그녀의 덫 … 66

그들의 덫 … 120

우리의 덫 … 160

그의 덫

밤의 빛이 떠올랐다.
그 빛은 나에게 알맞은 밝기였다.
아니, 사실은 그마저도 밝았다.
빛이 없는 세상은 영영 오지 않을 테니.

그녀는 혹시라도 창틈으로 빛이 새어 나가 집 안에 있는 것을 들킬까 봐, 근 한 달간을 어두침침한 방 안에서 지냈다. 그녀의 집 암막 커튼은 두꺼웠고, TV는 보지 않았으며, 샤워 시간은 언제나 3분 안쪽이었다. 마치 빈집 같았다. 아니, 그곳은 빈집이었다. 그 모습은 사는 게 아니었으니까.

집 안은 고요하다 못해 으슥했지만, 집 밖에서는 그녀가 애써 만든 조용함을 무참히 짓밟았다. 암흑에 가까운 방 안에서 그가 누르는 공동 현관문 비밀번호 소리, 문틈에 꽂히는 종이 소리, 끊임없는 노크 소리, 그녀의 이름을 목메어 부르는 목소리를 들으며 패닉에 하루를 보냈다.

그는 그녀를 미치게 하려는 게 분명했다.

한 달 전

 그는 침대에 누워 알랭 드 보통의 [왜 나는 너를 사랑하는가]를 읽었다. 그가 책을 반쯤 읽고 스트레칭하며, 컴퓨터 앞에 앉아 있는 나를 바라보았다.
 "나는 하정 씨를 소유하지 않아요. 하정 씨는 클로이가 아니잖아요."
 표정을 짓는다는 것은 감정을 표출한다는 것이다. 내가 키보드 두드리는 짓을 멈추고 무표정으로 그를 바라보자, 그가 환한 얼굴로 덧붙였다.
 "그래도 클로이보다 예쁜 건 분명해요."
 "클로이가 누구예요?"
 "하정 씨, 책 좀 읽어요. 맨날 컴퓨터만 하니까 모르죠. 책이 곧 지식이라니까요? 가끔 보면 사람이 똑똑하지 못한 것 같아요."

그는 잘 나가다 한 번씩 이랬다. 아니, 다시 곰곰이 생각해보니 잘 나가지도 않았고 한 번도 아니었다. 그는 항상 이런 식이었다.

내가 다시 무표정으로 앞에 있는 물 한 컵을 멍하니 바라보자, 그가 사랑에 목매는 어린아이 달래주듯 다정하게 말했다.

"우리 사진 한 장 찍을까요? 오랜만에 커플티 입었는데."

브랜드 로고가 심장 위에 작게 프린팅된 명품 티셔츠. 내가 100일 기념으로 사줬던 커플티다. 그가 굳은살 하나 없는 고운 손으로 내 팔뚝을 감싸 나를 끌어당겼다. 그 힘에 몸이 기울어, 내 볼이 그의 신체 어느 한 부분에 닿았다. 그 순간 그와 나의 사이로 차가운 기계음이 비집고 들어왔다.

- 찰칵

찰칵 소리가 대여섯 번 더 들리고 끝날 때까지, 나는 아무 생각 없이 핸드폰 카메라 렌즈를 응시하며 어색하게 미소 지었다. 그가 내 가짜 미소에 속아 말했다.

"우린 운명이잖아요?"

"운명? 웃기지 마요." 큰일 날 뻔했다. 하마터면 튀어나올 뻔했다. 상대방의 기분을 나쁘게 하는 말투가. 어젯밤에 겨우 마무리 지은 싸움이, 내 마음속 울림으로 다시 시작될 뻔했다. 한 사람이 참으면 된다. 그래야 내가 편할 수 있다.

그가 자기 생각인지 책의 한 구절인지, 표정 없는 내 얼굴과 책을 번갈아 보며 다시 말했다.

"현재의 삶은, 그러니까 지금 우리가 여기에 같이 있는 건 그저 우리가 꿈꿀 수 있는 몇 가지 삶 중의 하나일 뿐이래요. 그런데 우린 아니죠? 우리는 정말 서로가 없으면 못 살고 죽겠죠?"

"네."

그가 내 단답식 말투가 마음에 안 들었는지 말을 돌렸다.

"아, 어제 싸우고 화해하느라 핸드폰 검사하는 걸 깜빡했네요. 지금 할까요?"

"하루 종일 같이 있었는데 설마 다른 짓 했겠어요?"라는 말이 목구멍까지 차올랐지만, 앞에 있는 물과 함께 간신히 삼켰다. 나는 핸드폰을 그에게 건네고 다시 표정 없이 컴퓨터를 만졌다. 그를 쳐다보진 않았지만, 그가 무엇을 하고 있는지 알았다.

먼저 근엄한 표정을 짓는다. 그리고 통화목록으로 들어간다. 모르는 번호가 있으면 연락처에 저장한 후, 카카오톡으로 누군지 확인한다. 이어서 대화 목록을 보고, 문자 메시지를 본다. 인스타 DM을 보고, 내 게시물에 '좋아요'와 댓글 단 모든 남자들을 한 명 한 명씩 확인한다. 그리고 술을 좋아하는 내 여자 친구들의 게시물까지 일일이 다 확인한 후에야, 근엄한 표정을 원래대로 만든다. 마지막으로 내 각종 포털사이트 메일함까지 모조리 확인한 후, 아무것도 나오지 않았으면서 의심의 눈초리로 핸드폰을 돌려준다.

언제부터였을까? 내가 표정이 없어진 지가. 우리가 싸우지 않으려면 한 사람이 참으면 된다. 아니, 한 사람만 참으면 된다. 그 한 사람이 왜 내가 되었는지는 모르겠다. 점심으로 라면을 끓여 먹고 줄곧 누워있던 그가 침대에서 일어나 말했다.

"편의점 갈래요, 하정 씨? 달달한 게 먹고 싶네요."

"10분 안에 작업물을 회사로 보내야 해서요. 갔다 오세요."

"알겠어요. 하정 씨가 좋아하는 아이스크림빵 사 올게요."

나는 지갑에서 만 원짜리 지폐를 꺼내 그에게 건넸다.

"여기요."

"고마워요. 제가 지금 구상하고 있는 일만 성공하면 하정 씨 행복하게 해 줄게요. 열심히 일하고 있어요."

"아까는 컴퓨터 만지지 말라면서요."

큰일이다. 순간 말이 헛나왔다. 가만히 있었어야 했는데… 컴퓨터를 바라보는 시각만 제외하고 모든 감각이 그를 향했다. 당장이라도 뻐꾸기의 목을 따버리고 싶었다. 혹여 시간이 멈출까 싶어서.

그가 내 말을 듣지 못했나? 아무 대꾸 없는 그의 태도에 안심이 됐지만, 동시에 숨이 턱 막혀왔다. 주변에 있는 공기가 잠시 사라진 것 같았다. 그가 정말 못 들은 게 맞나?

그가 겉옷을 챙겨 현관으로 나가 슬리퍼를 신었다. 문이 열렸다가 쾅 하며 닫히는 소리와 동시에, 주변 공기가 정상으로 돌아왔다. 나는 편안한 마음으로 컴퓨터를 바라보았다.

5분 정도 지났나? 뻐근한 목에 기지개를 피우며 뒤를 돌아보았을 때는, 정말로 신이 내 주위에 있는 공기를 모조리 빼앗은 것 같았다. 그가 나를 뚫어지게 바라보고 있었기에.

"뭘 좀 놓고 가서요."

거짓말이다. 밖으로 나간 척하고 내가 뭘 하는지 감시한 것이었다. 그가 나에게 다가와 내 어깨에 양손을 얹었다. 그가 내 어깨에 양손을 얹었다. 양손을 얹었다. 그가 내 어깨에 양손을 얹자마자 나는 맹세할 준비를 했다.

"남자랑 연락한 적 없는지 맹세하세요."

"네."

"맹세한다고 입으로 말하세요. 제가 들을 수 있게. 또 믿을 수 있게."

"맹세해요."

나는 맹세했다. 그는 나의 맹세의 목소리를 여전히 의심하며 밖으로 나갔다. 드디어 그가 정말로 나갔다. 그가 밖으로 나간 사이에 비밀번호를 바꾸고 문을 잠갔다. 이곳은 내 집이니까. 이 집에 있는 가구들이며 보증금부터 월세까지, 전부 내가 부담하고 있는 온전한 나의 집이니까. 나는 그를 내쫓기로 맹세했다.

불을 껐다. 핸드폰 전원을 껐다. 컴퓨터 전원을 껐다. 그가 줄곧 누워있었던 침대에 이불을 걷고 새 이불을 꺼내와 옷을 벗고 누웠다. 이내 10초도 버티지 못하고 침대에서 일어나 방바닥에 다시 이불을 폈다.

표정을 짓는다는 것은 감정을 표출한다는 것이다. 그것은 무표정도 마찬가지다.

나는 그곳에서 베개를 꼭 끌어안고 웅크린 채, 무표정이라는 표정을 지으며 불면증을 감당했다.

다시 한 달 후, 현재

코로나 바이러스로 인해 잠시 진행했던 재택근무가 끝나고, 다시 회사로 출근했다. 출근길은 예상외로 즐거웠다. 이제 더 이상 정말로 출근하고 있는 게 맞는지 사진 찍어 보내지 않아도 되었으니까.

오늘은 부서 전체 야근이 잡혀있는 날이었다. 야근 역시 예상외로 즐거웠다. 이제 더 이상 정말로 야근하고 있는 게 맞는지 사진 찍어 보내지 않아도 되었으니까.

하지만 퇴근길은 암울했다. 달빛과 가로등 불이 거리를 환하게 했지만, 퇴근길은 암울했다. 금요일이라 그런지, 다들 색깔 있는 옷을 입고 예쁜 얼굴을 하고 있는 동료들의 웃음소리에도 퇴근길은 암울했다.

택시를 타지 않고 걸었다. 진입하는 버스를 지나치고 걸었다. 길에 있는 모든 풍경을 눈 가장 안쪽 시신경까지 깊이 새기며 걸었다. 혹시라도 그가 집 앞에서 기다리고 있을까 싶어 일부러 더 오래 걸리는 길을 택했다.

그렇게 천천히 도착한 집 문틈에는 역시나 종이쪽지가 가득 꽂혀 있었다. "하…" 나는 한숨을 푹 내쉬고는, 문을 여닫으며 쪽지들을 처음 있던 그 자리에 꽂아 놓으려 애썼다. 위치가 바뀌면 내가 집에 들어왔다는 것을 들키게 될 테니까. 문고리보다 조금 위쪽이었나?

집에 들어와 간단하게 씻고 옷을 갈아입은 후, 어둠 속에서 어제 먹다 남은 도넛과 우유로 허기를 때웠다.

익숙해진 어둠은 불편하지 않았다. 어둠에 눈을 빼앗겨 아무것도 볼 수 없었지만 불편하지 않았다. 아이러니하게도, 아무것도 볼 수 없다는 것은 내 마음을 되레 안정시켜 주었다. 그의 눈도 어둠에 빼앗겨 나를 볼 수 없을 테니까. 도둑맞은 내 눈은 빛보다 평안한 어둠이었다.

눅눅한 도넛을 두어 번 베어 먹으니, 부산에 있는 친구에게 페이스타임이 걸려왔다. 나는 친구가 내 얼굴을 볼 수 있게 LED 스탠드로 작은 빛을 만들었다.

"너 얼굴이 왜 그래? 왜 이렇게 살이 쪽 빠졌어?"

"살 빠졌어? 나 다이어트하잖아."

"칭찬 아니야. 볼이 왜 이렇게 파였어? 밥은?"

"도넛 먹고 있어."

그때였다. 문밖에서 흐느끼는 소리가 들리는 게.

"하정 씨, 하정 씨, 제발요. 문을 부수고 들어갈 수는 없잖아요."

나는 아무것도 들리지 않게 에어팟 프로를 귀에 꽂았다. 한순간 조용해지더니 진동으로 바꿔 놓은 핸드폰이 울렸다.

- 지잉

[문에 꽂아둔 쪽지 위치가 바뀌었네요? 집에 있는 것 같은데… 불은 왜 꺼놔요?]

모르는 번호였지만 아는 사람이었다. 무덤덤하게 차단하려고 하자 한 번 더 핸드폰이 울렸다.

[사람 사는 집이 아닌 거 같잖아요. 쪽지 읽었어요? 읽었으면 답장이라도 해줘요. 제발 뭐라도 해줘요. 욕해도 좋으니. 내가 다 잘못했어요.]

몇 글자가 더 있었지만 읽지 않고 차단했다. 이것으로 차단 목록에는 각기 다른 6개의 번호가 쌓였다. 모두 한 사람이었다.

이제는 그의 집착과 광기가 무섭지도 않았다. 비록 허세겠지만 실제로 그가 그의 말대로 문을 부수고 들어온다고 하더라도 괜찮았다. 그때는 그를 충분히 죽일 수도 있겠다는 마음이 생겼으니까. 그저 정말로 그러한 상황이 오지 않게 최대한 피할 뿐이었다. 아니, 미룰 뿐이었다. 나는 정말로 그를 죽일 수 있을 것 같은 기분으로 TV와 방

안의 불을 모조리 켰다. 집안의 인기척에 그가 문밖에서 말했다.

"하정 씨가 잘못한 거예요. 사람을 무시하는 건 잘못된 행동이니까요. 제발 잠깐이라도 얘기 좀 해요. 잘못에 대한 책임은 묻지 않을게요."

잘못? 어이가 없어 웃음이 났다. 또 내 잘못이란다. 그의 가스라이팅 실력은 여전히 최고였다. 나는 주방으로 가서 칼을 들고 신발장으로 걸어갔다. 처음은 아니었다. 두 달 전에도 그를 향해 칼을 든 적이 있으니까.

두 달 전

"하정 씨, 우리 이제 오피스텔로 이사 가는 거죠?"

"우리가 아니라 내가 가는 거죠."라는 말은 굳이 하지 않았다. 그는 내 남자 친구니까.

일주일 동안, 그와 같이 방을 알아보고 그의 취향에 맞는 오피스텔을 선택했다. 그는 오피스텔 화장실이 깔끔한 게 마음에 든다고 했다. 물론 나도 깔끔한 걸 싫어하진 않지만, 회사와 조금 거리가 있어 그에게 말했다.

"집은 깔끔하고 좋은데, 회사랑 거리가 조금 있어요. 회사가 멀어서 이사하려고 했던 건데…"

"방 한두 개짜리 집이 다 거기서 거기죠. 이곳이 좋아요. 깔끔하잖아요. 이렇게 관리 잘된 집, 이 동네에서는 여기가 유일해요."

이게 대체 무슨 소리지? 거리가 멀다고 했는데, 방 이야기를 하고 있다. 그래도 나는 수긍했다. 그의 말은 무조건 수긍했다. 그가 맞는 말을 해서가 아니라 그냥 '그'라서 수긍했다. 그가 지난 5개월 동안 어떤 문제에 있어서 수긍할 때까지 날 설득하고 세뇌시켰으니까.

사실 정말 깔끔한 건 맞잖아? 그리고 어차피 코로나 때문에 재택근무한다는데. 나는 이 상황을 합리화시킬 근거를 찾아냈다.

이삿날이 되자, 그의 친구들이 가구 옮기는 것을 도와주었다.

우리 주변에는 뭐만 해도 웃긴 사람이 꼭 한 명씩 있다. 표정이나 행동, 심지어는 아무것도 안 하고 가만히 있는 것조차도. 그의 주변 역시 그랬고, 동우라는 친구가 정말 재밌는 사람이었다. 별거 아닌 행동이었지만, 나는 동우가 커다란 체구에 안 맞게 낑낑대며 책상을 옮기는 모습에 웃음이 터졌다. 나뿐만 아니라 거기에 있던 5명 모두가 하던 일을 멈추고 웃었다. 물론 내 남자 친구까지도.

그가 웃으면서 핸드폰으로 나에게 문자를 보냈다. [재가 그렇게 웃겨요?]

나는 바로 답했다. [그냥 웃기니까 웃었어요. 여기 다 웃고 있잖아요.]

그가 끝까지 미소를 유지한 채, 하나 있는 방 안으로 나를 데려갔다. 방문이 닫히고 그가 나에게 야속한 말투로 목소리를 낮췄다.

"이사해서 좋은 날 분위기 망치지 마세요. 이삿날 싸우면 재수 없는 거 몰라요? 하정 씨가 잘못한 거잖아요."

"제가 뭘 잘못해요? 그냥 웃은 것뿐이잖아요."

그가 내 잘못이라고 한 이유는 내가 그를 불안하게 했

다는 이유에서였다. 그는 자기가 할 말만 하고 내 말이 끝나기도 전에 다시 거실로 나가서 가구 위치를 생각했다.

짐이 많지 않아 1시간 안으로 이사가 끝났다. 나는 그의 친구들에게 짜장면과 탕수육, 양장피를 대접했다. 아버지가 중국으로 출장 가서 사 온 값비싼 마오타이주도 대접했다. 친구들은 비싼 술이라고 먹지 않으려 했지만, 그는 괜찮다고 했다.

나도 괜찮다고 했다. 이곳은 내 집이니까 내가 대접하는 게 당연했다. 이삿짐센터를 부르려는 내 의견을 무시하고 억지로 친구들을 부른 그도, 이 집을 우리 집이라고 생각하는 그도, 당연히 대접할 수 있었지만 그래도 내가 대접했다. 나는 그날 술값을 포함해 총 84만 원을 지불했다.

나의 아버지는 애주가였다. 그래서 아버지가 건강상의 이유로 술을 끊었을 때는 신기하기까지 했다. 아버지는 아껴 마시려고 보관해두었던 두 병의 마오타이주를 나에게 선물했다. 언젠가 그가, 이 마오타이주 두 병 중 한 병을 맛보고 싶다고 했던 게 어렴풋이 기억났다. 우리는 그날 한 병을 전부 비웠고, 남은 한 병은 내 고향 친구들이 서울에 놀러 오면 뚜껑을 열겠다고 말했었다. 이제는 그러지 못하게 되었지만.

그의 친구들이 집으로 돌아가고, 그가 오늘 고생했다며 내 어깨를 마사지해주었다. 시원했지만, 그도 피곤할 것 같아 괜찮다고 말했다. 그러자 그가 나에게 어깨를 내밀었다. 나는 말 없이 그의 어깨를 주물러 주었다. 그가 많이 시원했는지 한껏 상기된 목소리로 말했다.

"아까는 미안했어요. 혹시라도 친구가 하정 씨한테 반할까 봐 불안했나 봐요."

"네."

"그래도 이번엔 안 싸워서 좋았어요. 오늘은 이사 첫날이잖아요."

"저도요."

"그럼 우리 앞으로도 싸우지 않게 각서 쓸까요?"

나는 됐다고 하려 했지만, 그는 이미 노란색 포스트잇과 볼펜을 가져와 막힘없이 내용을 써 내려갔다. 어쩌면 그는, 하루 종일 어떤 내용을 적을지 생각했을지도 모른다.

첫 번째 포스트잇에 [불안하게 하지 않기]라고 쓰고 나에게 서명하라고 했다. 그 밑에 괄호치고 어딜 가든 사진 찍어 보내기, 남자랑 연락하지 않기, 남자한테 웃지 않기 등등 세부 조항을 써 내려갔다. 두 번째 포스트잇엔 더 같잖은 것들이 쓰여있었다. 예를 들면 통금시간 같은 것들.

나는 서명하지 않았고, 그는 내 태도를 이해 못 하며 "이거 봐요. 나는 안 싸우려고 하는 건데 협조하지 않잖아요. 하정 씨 잘못이라니까요?"라고 말했다. 나는 "서명 안 한다고 이런 행동을 한다는 게 아니잖아요. 내가 왜 이렇게 살아야 돼요? 저번에 분명 약속했잖아요."라고 받아쳤다. 싸움이 시작되었다. 다행히 자정이 지나 이사 둘째 날이었다.

싸움이 격해졌다. 그가 자신이 과거의 연인에게 데인 상처가 있어서 그런 것이라고 말했다. 나는 그 이야기는 벌써 100번 정도 들었다고 받아쳤다. 그는 그걸 알면서 왜 이해 못 해주느냐고 소리치며, 내가 자기의 옛 연인과 마찬가지로 걸레 같다고 말했다. 나는 울면서 한 번만 더 그렇게 말하면 입을 찢어버리겠다고 욕했다. 그러자 그가 아직 이삿짐을 풀지 않은 주방용품 상자 쪽으로 뛰어갔다. 그러더니 상자를 손으로 찢어 칼을 꺼내 나에게 다시 뛰어왔다.

그는 칼을 내 왼손에 쥐여주고, 내 손을 잡은 채로 자기 입에 갖다 대더니, 찢어보라고 소리 질렀다. 나는 그의 입에서 손을 떼려 했지만, 그는 내 손을 더 꽉 잡고 놓아주지 않았다. 나는 오른손으로 핸드폰을 꺼내 112를 눌렀다. 그가 내 핸드폰을 낚아채 침대로 던졌다. 내가 칼을 바닥에 내려놓고 우리의 싸움은 본격적으로 시작되었다. 우리라는 말도 역겹다. 그와 나의 싸움은 밤새도록 계속되었다.

아니, 계속될 뻔했다. 나는 그의 "하정 씨 친구들도 다 걸레예요. 그런 애들이랑 노니까 하정 씨도 걸레처럼 보이는 거예요."라는 대목에서 다시 칼을 집어 들었다. 이번엔 정말 그의 입을 찢으려고 했다. 내 진심이 전해졌는지, 그가 움찔거렸다. 하지만 신체 구조상 180cm가 넘는 그를 힘으로 제압할 수 없었다. 그렇게 서로 말없이 3초가 지났다. 그가 나에게 천천히 다가왔다. 그리고 초인종이 울리며 술에 취한 목소리가 들렸다. 동우의 목소리였다.

"핸드폰을 놓고 갔어. 벌써 자는 거 아니지?"

내가 재빨리 칼을 숨기자, 그가 문을 열어주었다. 동우는 술에 취해 미안하다며 핸드폰을 찾고도 50분을 더 앉아있다 갔다.

다시 두 달 후, 현재

나는 칼을 양손으로 움켜쥔 채, 문밖에 있는 그에게 말했다.

"꺼져. 좆같은 새끼야."

"제가 잘못했어요. 한 번만 열어줘요. 할 얘기가 있어서 그래요."

"꺼져."

그때 핸드폰에 진동이 다시 울렸다. 무시했지만 계속 울렸다. 다시 차단하려고 핸드폰 화면을 바라보자 헛웃음이 났다. 너무 어이가 없으면 의욕도, 기력도, 힘도, 전부 빠진다. 나는 칼을 내려놓고 방으로 들어갔다. 핸드폰 화면에는 내 은행 계좌로 1원씩 계속 송금되었고, 미리 보기 알림으로 [할] [말] [있] [으] [니] [까] [제] [발] [문] [열] [어] [요]라고 한 글자씩 전해졌다.

"거지새끼."라고 말하는 순간 1,000원이 입금되었다. [우리가함께한날을생각해줘요세] 그리고 다시 500원이 연달아 두 번 입금되었다. [달전에헤어졌을때도우리같이 잘] [풀었잖아요다제잘못이에요용서]

"거지새끼."

글자 제한 수 때문에 말이 끊겼나 보다. 다시 돈이 한 글자씩 입금되었다. 총 758원이었다. [차] [단] [풀] [으] [세] [요] 끝으로 더 이상 입금되지 않았다. 그가 파산했나 보다. 그는 전 재산을 메시지에 탕진한 게 분명했다. 전 재산 2,770원을.

"햄버거도 못 사 먹는 거지새끼."

세 달 전

"다음 주에 부산 좀 내려갔다 올게요. 엄마도 봐야 하고 친구들도 봐야 해요."

"어머님은 봬야죠. 그런데 친구들은 왜요?"

"왜라뇨?"

"왜라뇨, 라뇨?"

나는 사실 이렇게 될 줄 알았다. 저번에도 여름을 맞이해 친구들이랑 바다에 간다고 했지만 못 가게 했다. 자기가 너무 불안하니 이번 한 번만 참아달라는 이유에서였다. 나는 "다음에도 못 가게 할 거잖아요."라고 따졌지만, 그는 "제가 불안해하는 게 좋아요?"라고 말했다. 그러면서 "저는 걱정돼서 잠도 못 자고 계속 불안해하는데 혼자 재밌게 놀고 싶어요?"라고 덧붙였다.

결국 나는 가지 않았다. 그 대신 다음에 친구들과 하루 정도 노는 것을 약속받았다. 그다음이 바로 지금 얘기하는 다음 주였다. 역시나 그는 허락하지 않았다. 그와의 약속은 비어 있는 캡슐 알약 같았다. 약 속에 약 성분이 없어 가벼우니까. 그와 나는 다시 싸웠고, 그는 이번에도 내 잘못이라고 말했다.

나는 이 싸움이 정말 누구의 잘못인지, 누가 잘못된 건지, 친구들에게 말해보자고 했지만, "우리 일을 왜 남한테 알려요? 하정 씨 그런 사람이에요?"라며 나를 입 싼 년 취급했다. 나는 유치하지만 입 싼 거 맞으니 말해보자고 맞받아쳤고, 그는 다시 "하정 씨 친구니까 당연히 하정 씨 편들겠죠."라고 말했다.

나는 "그럼 본인 친구들한테 말해봐요."라고 굳이 하지 않았다. 그냥 헤어지자고 말했다. 그가 잠시 말을 멈췄다. 나도 말을 멈췄다. 그가 이번에는 내 잘못이라고 입을 열지 않았다. 정적이 그리 길지는 않았다.

그가 미안하다고 했다. 나도 미안하다고 했다. 그가 용서해달라고 했다. 나도 용서해달라고 했다. 그가 왜 자길 괴롭게 하냐고 했다. 나도 왜 나를 괴롭게 하냐고 했다. 그가 잘못했다고 같은 말을 계속 반복하면서 매달렸지만, 뿌리치는 게 어렵지 않았다. 나는 집으로 돌아와 친구들에게 헤어졌다고 자랑했다. 친구들이 모두 축하해 주었다.

제일 먼저 SNS상으로 할 수 있는 모든 그의 연락망을 차단했다. 그랬더니 인스타그램 DM으로 그의 친구들에게 연락이 왔다. 많이 걱정하고 있으니 딱 한 번만 답장해

주면 안 되겠냐고.

그의 친구들도 차단했다. 진작에 헤어질 걸, 왜 지금껏 참았는지 모르겠다. 오늘을 나의 두 번째 생일로 공표하고 싶었다.

그 없이 산 지 3일이 지났다. 입이 찢어지게 행복했다. 지금도 그가 '내' 집 앞에서 공포감을 조성하고 있지만, 무시하면 그만이었다.

그에 대한 동정심은, 그가 핸드폰 대리점에 가서 통화 기록을 떼오라고 했을 때 이미 사라졌다. 그에 대한 값싼 사랑은, 내 카카오톡을 복구해본다고 해서 싫다고 하니 노트북을 박살 냈을 때 이미 없어졌다. 비를 맞으며 밖에 서 있는 그를 무시하는 건 어려운 일이 아니었다. 우산을 안 쓰고 있는 건 연출일 게 뻔했으니까. 잠시 후, 비를 맞고 쓰러지는 것까지 그는 완벽했다.

그의 어머니로부터 연락이 온 건, 다음 날 회사에 있을 때였다. 그가 비를 많이 맞아 심한 몸살에 걸려 병원에 입원했다는 연락이었다. 그 이야기를 듣고 처음 든 생각은 "얼마나 몸이 약하면 비 조금 맞았다고 입원을 해?"였다.

나는 그의 엄마에게 그와 헤어졌다고 말했다. 아주머니가 무슨 일이냐고 묻자, 나는 지금까지 있었던 그의 행동들을 전부 이야기했다.

"더 이상 못하겠어요. 조금 죄송한 말씀이지만, 지금 이러시는 것도 걔가 시킨 것 같아요."

아줌마는 내 말을 듣자마자 기겁하며 자기 아들을 욕하기 시작했다.

"미친놈, 걔가 의처증인가? 너한테 너무 미안하다… 힘들었겠어."

그 여자는 나를 위로하는 동시에, 그래도 한 번만 연락해주면 안 되겠냐고 물었다. 나는 "죄송합니다."라고 답했다.

4일이 더 지났다. 가족들과 친구들을 만나기 위해 버스를 타고 부산으로 내려갔다. 1차선에서 달리는 버스 앞에 k5 한 대가 천천히 달리고 있었다. 답답하게 그 차를 보고 있으니 그가 생각났다.

그는 고속도로 1차선에서 정속 주행하는 사람이었다.

어느 날, 그와 고속도로를 타고 여행 가는 길에 그에게 물었다.

"뒤차가 빵빵거리겠어요. 2차선으로 가요."

"됐어요. 2차선은 화물차가 많아서 너무 느려요."

"그럼 빨리 좀 가요."

"저는 제한 속도에 맞춰가는 것뿐이에요."

나는 "그렇지만 1차선은 추월차로인데요?"라고 굳이 하지 않았다. 그렇게 말하면 "추월차로에서도 과속하면 안 돼요. 도로교통법 17조에 명시되어 있어요."라고 할 게 뻔했으니까. 그러면 나는 다시, "추월차로는 추월하는 곳이에요. 추월하지 않을 거면, 다시 2차선으로 돌아가야죠."라고 말하겠지. 똑똑한 그는 "그렇게 따지면, 제가 지금 제한 속도로 주행 중인데 저보다 빠르면 안 되죠. 문제없어요. 제 속도보다 빠르다는 건 과속한다는 거니까 그 차가 문제죠."라고 할 테고. 그러면서 자신의 행동을 더 떳떳해 하겠지. 그래서 굳이 말하지 않았다.

2차선으로 비켜주면 화물차 때문에 그가 피해 본다. 그래서 그는 1차선에서 모두에게 피해를 준다. 하지만 그는 그게 피해라고 생각 안 한다. 그는 법을 철저하게 지키는, 아주 많이 융통성 없는 사람일 뿐이니까.

  사실 과속하면 안 되는 건 명백한 사실이다. 하지만 이 진로 방해가 꼬리에 꼬리를 물어 한참 뒤에 있는 누군가에게 교통사고를 유발한다면? 누군가가 인생에서 가장 중요한 면접을 보러 가는 길인데 늦었다면? 급하게 누군가의 임종을 지켜보러 가는 길이라면? 아니, 그렇게까지 극단적인 생각은 말자.

  그냥 다른 모두가 자기의 속도에 맞추길 원하는 지극히 자기중심적인 사람. 그냥 그를 그렇게 단정 지었다.

  부산으로 내려가는 길이 이렇게까지 막히는 거 보면 그와 같은 사람이 많나 보다. 어쩌면 그가 우리 앞에 있을지도.

  부산에 도착한 나는, 가족들과 밥을 먹고 동네에서 친구들을 만났다. 어제도 삼십 분 넘게 통화한 친구들이었지만, 오랜만에 보니 대화가 끊이질 않았다. 한참을 서로의 근황으로 웃고 떠들다가 화장실에 갔다. 볼일을 보고 화장을 고친 후 다시 자리로 돌아가니, 아까 친구들이 눈여겨봤던 옆 옆 테이블 남자애들이 내 자리에 앉아 있었다. 친구들은 나를 보며 왼쪽 눈을 깜빡였고, 남자애 중 한 명이 나를 보고 빈 테이블에서 의자를 빼주었다.

우리는 술을 마시고 게임을 하며 웃고 떠들었다. 꼭 스무 살 때로 돌아간 것 같았다. 한참을 놀던 중 남자애 한 명이 어디서 종이와 펜을 가져오더니, 여기서 가장 잘생긴 사람의 이름을 써달라고 말했다. 우리는 있는 그대로 솔직히 적었고, 친구 한 명이 사진을 찍어 인스타에 올렸다. 그러다 하나둘씩 핸드폰을 만지며 밀려 있는 연락을 했고, 흡연자들이 담배를 피우러 가는 타이밍이 왔다. 때마침 안주도 다 떨어졌다. 그렇게 즐거운 술자리는 끝이 났다.

남자애들이 2차를 가자고 했지만, 2차는 우리끼리 놀고 싶다고 말했다. 우리는 그렇게 쿨하게 헤어졌다.

술집을 돌아다니며 행복에 취해 시간을 보니, 어느새 새벽 2시가 되었다. 오랜만에 본 친구들과 떨어지기 아쉬웠지만, 나이를 먹어서 그런지 체력이 따라주지 않았다.

길가로 나와 가장 멀리 사는 친구부터 한 명씩 택시를 잡아주니 내가 마지막이었다. 그때 익숙한 모닝 한 대가 내 앞에 멈춰서 창문을 열었다. 그였다.

"장모님이 알려줬어요."

아직도 장모님이라니. 엄마한테 아직 아무 말도 안 한 게 화근이었다. 그가 사진 한 장을 확대해 나에게 보였다.

"하정 씨 글씨체네요? 재밌었어요?"

아까 술자리에서 친구가 인스타에 올린 사진이었다. 그를 무시하고 택시를 잡으려 했지만, 그가 창문으로 자신이 키우던 강아지의 목덜미를 잡고 나에게 흔들어 보였다.

"안 타면, 우리 단추 여기에 버리고 자살할게요."

뭐? 순간 할 말을 잃었다. 이 미친놈이 이 정도였나? 사람이 가장 악할 때는 그 행동이 더럽고 흉악한 행동이라는 것을 알면서도 되레 당당하게 행할 때다. 과연 그는 자기 행동의 잘잘못을 알고 있을까? 나는 선악이 본능인지, 교육인지 의문이 들었다.

어쩌면 지금껏 이런 기본적인 도덕관조차도 배우지 못한 것인가? 혹, 그에게는 선악의 배움들이 무의미한 것일까? 아니, 그럴 리 없다. 그는 특정한 관계 범위 밖에서는 의식적으로 착하게 행동하니까. 그는 그가 생각하는 관계의 특정 범위 안에서만 악해졌다.

선악은 조절할 수 있다. 분노, 배려, 칭찬, 질책, 걱정, 시기, 인내, 자비와 같은 여러 감정은 관계에서 또는 상황에서 바뀐다. 그렇다면 그는 언제나 선한 행동을 연기하며 사는 것이다. 혹은 나에게 하는 이 악한 행동이, 사실은 진짜가 아니라 단순히 나를 조종하려고 흉내 내는 것일 수도 있다. 하지만 나는 생명을 가지고 협박하는 만에 하나의 경우의 수를 생각하지 않을 수 없었다.

나는 그가 무섭지 않았다. 그저 최하의 수준에 맞춰주는 것이 분했다. 그가 내 눈치를 살폈다.

"무섭게 하려는 거 아니에요. 정말 해야 할 말이 있어서 그래요."

역시나 그는 내가 무서워할 거라고 생각했다. 그의 행위에 대한 나의 반응이, 그의 선악을 만들었다. 실제로 나는 그가 무섭지 않았음에도, 그는 그렇게 가정하고 나를 조종했다.

그것은 덫이었다. 내 몸에 흡수된 치사량에 가까운 알코올 농도와 수준 낮은 협박에 굴해 그의 차에 탔을 때, 이미 나는 그의 덫에 걸리고 말았다.

그와 같이 서울로 돌아가자고 결정하기까지 5시간이 걸렸다. 그는 울었고, 나에게 용서를 빌었으며, 나는 그에게 약속을 받아냈다. 정신을 똑바로 차려도 덫에서 빠져나오기 힘든데, 판단력이 흐려진 생쥐는 절대 덫에서 빠져나올 수 없었다.

나는 그의 자동차 콘솔박스에서 포스트잇과 볼펜을 꺼냈다.

"받아 적으세요. 1번, 회사에서 회식할 때 못 가게 하지 않기. 2번, 친구들이랑 놀고 싶을 때 뭐라고 하지 않…"

"그건 연인 간의 예의가 아니죠. 여자 친구가 늦게까지 술 마시는데, 걱정되는 건 당연한 거 아닌가요?"

2번이 채 끝나기 전에 그가 내 말을 끊었다. 나는 이어지는 5시간의 대화에 지쳐 남자랑은 절대 안 놀겠다는 조항을 추가로 말했다. 그는 내가 어딜 가든지 누굴 만나든지 사진만 잘 찍어 보내면 절대로 뭐라고 하지 않겠다는 조항을 추가시켰다. 나는 기가 찼지만, 알겠다고 했다. 그러자 그가 1번 조항을 소리 내어 읽더니 "회사에서 회식할 때도 사진 찍어 보내야 해요."라고 말했다.

"3번, 씨발…" 나는 3번을 이야기하려다가 그의 손에서 포스트잇을 낚아채 찢어버렸다. 그리고 조수석 시트를 끝까지 뒤로 젖혀 누웠다. 그는 욕은 하지 말라고 했으며 "저 때문에 욕하게 해서 미안해요."라는 말도 덧붙였다. 나는 치즈도 없는 덫에 다시 걸리고 말았다.

덫에 걸린 후, 그는 생각보다 치즈를 잘 주었다. 그는 나에게 잘해주었고, 우리는 싸우지 않았다. 내일모레 회사 동기 생일이라 생일파티에 참여해야겠다고 말했을 때도 흔쾌히 승낙했다. 물론 말하지 않아도 사진은 찍어 보내야겠지만, 그것만으로도 충분히 맛 좋은 치즈였다. 이만하면 여왕 대접으로 충분했다.

생일파티는 회사 동기의 집에서 이루어졌다. 남자는 없었고, 전부 여자였다. 회사 동기의 남자 친구가 뒤늦게 온다고는 했지만 아직은 아니었다. 나는 사람들 몰래, 얼굴은 나오지 않은 채로 이곳을 사진 찍어 한 시간마다 그에게 보냈다. 예전엔 20분마다 보내야 했지만, 이제 그는 뭐라고 하지 않았다. 나는 충분히 만족했다.

자정이 되었다. 동기의 남자 친구가 도착했다. 나는 동기의 남자 친구와 모두에게 인사한 뒤, 그 집을 나왔다.

택시를 타고 그에게 사진 찍어 보냈다. 집으로 돌아와 방문 앞에서 사진 찍어 보냈다. 샤워하고 옷을 갈아입은 후, 침대에서 다시 사진 찍어 보냈다. 그에게 전화해 잔다고 말했다. 그와 정상적인 대화를 하며 행복도 불행도 아닌 상태로 잠에 들었다.

진동벨이 울렸다. 새벽 4시였다. 꿈인가? 비몽사몽 한 상태여서 확인하지 못했다.

진동벨이 울렸다. 새벽 5시였다. 나는 잠에서 깼지만, 여전히 힘에 부쳐 확인하지 못했다.

진동벨이 울렸다. 새벽 6시였다. 꿈이 아니었다. 통화목록을 보니, 새벽 2시부터 한 시간마다 영상 통화가 걸려 있었다. 이번엔 전화를 받았다. 그였다.

"잤어요? 목소리 듣고 싶어서 전화했어요. 미안해요. 어서 다시 자요."

전화를 끊었다. 그와 사귀면서 지금까지 단 한 번도 이런 적이 없었다. 씨발… 내가 잔다고 하고 밖으로 나갈까 봐 감시한 것이다.

이것은 값비싼 뷰포트 치즈가 아니었다. 그는 치즈 중에서도 값싼 체더치즈를 나에게 먹였다. 체더치즈도 여왕의 치즈긴 하지.

이러다가 '같이 살자고 하면 어쩌지?'라고 생각하며 다시 잠에 들었다. 나는 다음 날 일어나면 그에게 따지려 했지만, 푹 잔 덕에 화가 조금 누그러졌다. 그가 사과로 먼저 선수 쳤고, 그의 미소와 사과 덕분에 기분 나쁘게 끝이 났다.

그날 저녁, 그의 어머니에게 전화가 왔다. 우리 아들 다시 만나줘서 너무 고맙다고. 우리 애가 전 여자 친구한테 크게 데어서 그런 거니 이해해달라고. 그러면서 애인 있는 사람들이 아무 데서나 술 많이 먹고 그러면 안 된다는 말도 덧붙였다. 이 아줌마는 꼭 그 말을 덧붙였어야만 했나?

나는 그렇게 그에게, 뜨겁게 데어 익어가고 있었다.

다시 세 달 후, 현재

그가 돌아갔는지는 모르겠지만, 더 이상 끔찍한 목소리는 들리지 않았다.

그가 좋았던 기억을 생각해보라고 했지만, 그와 사귀면서 좋았던 기억이 나쁜 기억에 전부 덮여버려 한순간도 기억이 나지 않았다. 이것은 불행한 일일까?

나는 새로운 사람을 만날 수 없었다. 두렵기 때문에. 하지만 새로운 사람을 만나고 싶었다. 외롭기 때문에. 나는 기억의 덫에 걸려 반복될 것을 두려워하며 남은 생을 살 수밖에 없는 것일까?

돌아오는 토요일, 회사 동기에게 좋은 남자를 소개받기로 했다. 반드시 좋은 남자여야만 했다. 그전에 나도 좋은 여자가 되기로 했다.

누군가 그랬다. 사람은 사람으로 잊는 거란다. 아니, 사람은 좋은 사람으로 잊는 것이다. 나에겐 이 모든 기억을 덮어줄 더 좋은 사람이 필요하다. 그렇게 된다면 분명히 나는 모든 트라우마를 극복하고 즐겁게 살아갈 수 있을 것이다. 나는 이 기억을 하루빨리 잊기 위해 조급하고 실수할 것이다. 그래서 더 신중할 것이다. 어쨌든 시간은 약이니까. 아니, 좋은 시간이 약이니까.

몇 밤이 지나고 토요일이 되었다. 나는 어딘가에서 그가 나를 쳐다보고 있다는 것을 알았다. 어제까지도 집 앞으로 찾아왔는걸. 하지만 신경 쓰지 않았다. 쳐다보면 지가 뭐 어쩔 건데? 나는 점점 더 독하게 생각할 수 있게 되었다.

오랜만에 화장을 한 후, 밝은 회색빛의 세미 정장을 입고 스타벅스로 향했다. 조금 일찍 도착한 나는, 먼저 얼음이 가득한 바닐라 라테 한 잔을 주문했다. 한참 더 시간이 지나고 사진으로 봤던 한 남자가 두리번거렸다. 내가 워낙 일찍 왔으니 저 남자가 늦은 것은 아니었다.

나를 찾고 있는 저 남자는 사진과는 조금 달랐지만, 그래도 꽤 봐줄 만한 외모에 운동을 열심히 한 몸매였다. 나는 마음속으로 합격이라고 말했다. 남자가 나를 발견하고는 내가 앉아 있는 곳으로 걸어왔다. 나는 먼저 인사할까 하다가 그냥 모른 척했다. 남자가 활짝 웃으며 고개를 살짝 끄덕였다. 나는 불안해지기 시작했다.

"안녕하세요, 하정 씨. 사진 보고 알았어요." 그리고 덧붙였다. "그래도 사진보다 예쁘신 건 분명해요."

순간 가슴이 철렁 내려앉았다. 그의 말투였다. 저 선한 미소와 과하지 않은 고갯짓, 그리고 나를 존대해주는 말투까지. 모두 그의 것이었다. 누가 첫 만남에 이렇게 인사를 하는가?

다시, 나는 생각을 고쳐먹기로 했다. 누구나 할 수 있는 예의 바른 태도다. 아무렴 처음 보는 사람한테 반말하는 사람이 어디 있겠는가? 더군다나 소개팅 자리에서. 나는 다시 예의를 갖췄다.

한참을 떠들었다. 생각보다 긴장되지 않았다. 오랜만에 말을 해서 그런지 말도 많이 나왔다. 먼저 인적 사항을 물었고, 그다음에는 궁금한 것을 물었다. 이를테면 취미라든지, 꿈이라든지. 하지만 안타깝게도 이 남자는 내가 마음에 들지 않나 보다. 에피소드라고는 군대에서 축구 한 얘기뿐. 무슨 양심으로 이 자리에 나왔는가? 그래도 오늘 하루를 즐겁게 때울 수 있어 기뻤다.

마지막으로 나는 남자에게 이상형을 물었다. 그랬더니 내 얼굴을 뚫어져라 쳐다보았다.

"밝은 갈색 긴 생머리에, 마르고, 뽀얗고, 예쁜 여자요. 키도 크고 오피스룩이 잘 어울리면 더 좋고요."

예쁘다는 것 빼고는 전부 현재 내 모습이었다. 그것은 '그'가 자기 취향대로 바꿔 놓은 내 모습이었다. 조금 우울해졌지만 나는 다시 미소로 예의를 갖췄다. '이것은 현재 내 모습이야.'라며 계속해서 자기 최면을 걸고 스스로를 통제했다. 내가 마음에 드는 건지 아닌지 헷갈렸다.

더 어두워지기 전에, 카페에서 나와 밥을 먹으러 갔다. 한강뷰가 통창으로 보이는 아주 근사한 식당이었다. 그렇게 비싸지는 않았지만 저렴한 가격도 아니었다.

우리는 코스 요리를 시킬까 하다가 취향대로 메뉴를 선택하기로 했다. 나는 해산물이 먹고 싶어 무쇠 팬에 구운 문어와 제철 생선을 주문했다. 남자는 메뉴를 보지도 않고 나와 같은 것을 주문하겠다고 했다. 나는 채끝과 오리 가슴살, 제철 야채를 시키는 게 어떠냐고 제안하며 나눠 먹자고 했다. 남자가 고개를 끄덕이며 긍정의 미소를 보였다.

대화의 흐름이 끊긴 나는, 주문한 요리가 빨리 나오길 기도했다. 기도가 조금 부족했는지 식전 빵을 시작으로 요리가 천천히 나오기 시작했다. 나는 조금 어색해서 아무 질문이나 던졌다.

"살다 보면 반드시 사람들과 관계를 맺잖아요? 그 인간관계 속에서 다툼이 많은 편이세요?"

남자는 조금 뜬금없었는지 네? 라는 표정을 지으며 나에게 성의 있게 답변해줄 그럴듯한 말을 찾기 시작했다.

"음… 우리가 왜 싸우는 줄 알아요? 서로 틀린 말을 해서가 아니라, 맞는 말을 해서 싸우는 거예요. 그러니까 사실 싸울 일은 거의 없다는 거죠. 서로의 말을 이해하고 존중한다면요. 한쪽이 아닌 서로가."

나는 속에서 웃음이 났다. 아주 즐거운 웃음이 마음속에서 터져 나왔다. 겉으로 드러나지 않게 최대한 참았지만, 입꼬리가 저절로 씰룩거렸다. 그의 말투였지만 그의 사고방식은 아니었다.

맛있게 밥을 먹고 나는 종업원에게 잘 먹었다는 인사와 함께 카드를 내밀었다. 남자는 자기가 계산하려고 했는데 왜 그러냐고 계좌번호를 알려달라고 했다. 나는 됐다고 말했지만 남자는 카카오페이로 돈을 송금해주었다.

"받으세요.", "됐어요." 밖으로 나갈 때까지 이 대화가 몇 번이나 반복되었다. 그리고 깨달았다. 그래, 누가 내든 뭐가 그리 중요한가? 뭐 얼마나 한다고. 서로가 마음에 들었는데.

네 달 전

"머리 밝게 염색하고 기르면 어때요? 파마도 풀고요. 하정 씨는 얼굴이 하얘서 그게 훨씬 더 잘 어울린단 말이에요. 제 말 믿어봐요. 옷도 깔끔하게 입고요. 정장 같은 거 어때요? 아마 정말 예쁠 거예요. 아니, 반드시 예쁠 거예요."

나는 결국 미용실로 갔다. 싫다고 했지만, 하루에 두 번씩 꼭 얘기하는 소리에 파마를 풀고 염색했다. 그의 말대로 나쁘지는 않았다.

그는 내가 머리하는 시간을 두 시간이나 기다려줬으니 맛있는 걸 얻어먹겠다고 말했다. 나는 돈이 없는 그가 이제는 조금 부담되었지만, 쪼잔하다는 소리를 들을까 봐 맛있는 걸 사겠다고 말했다. 하지만 표정은 아니었나 보다. 그가 내 표정을 보고 말했다.

"장난한 건데 왜 그래요? 100만 원짜리 신발 신는 사람이."

"네? 그건 또 무슨 소리예요?"

이게 신발이랑 무슨 상관이지? 이건 우리 아빠가 사준 신발인데. 그가 당당하게 말했다.

"자존심도 상하고 조금 서운하네요. 하정 씨, 대기업 회장님이랑 평범한 회사원 중에 누가 더 세금을 많이 내나요?"

그가 또다시 이상한 비유를 하기 시작했다.

"국가는 돈 많은 사람에게 세금을 더 많이 걷어요. 사실 당연한 거잖아요? 돈 있는 사람이 더 많이 내는 것은. 제가 지금은 돈이 없지만 언제 돈이 생기게 될 줄 알아요?"

맞는 말이었다. 하지만 빠진 게 있다. 돈 많은 국민이라고 세금을 더 내고 싶어 하지는 않는다. 나는 이런 일로 더 이상 실랑이하기 싫어 그냥 알겠다고 말했지만, 내 표정을 본 그는 그냥 넘어가지 않았다.

"알겠다면서 표정이 왜 그래요?"를 시작으로 표정 관리를 못 한 내 잘못으로 끝이 났다. 갑자기 너무 피곤해졌다. 그냥 다 미안하다고 했다. 그제야 그는 나에게 사랑한다고 말하고 화내서 미안하다고 했다. 나는 "이런 거로 다시는 싸우지 마요."라고 말했다. 그러자 그는 또 어느 대목에서 기분이 나빴는지 거슬린다는 말투로 "우리가 왜 싸우는 건지 알아요?"라고 물었다. 나는 "미안해요. 싸우려고 한 게 아니에요."라고 말했다. 그는 자신의 질문에 대답하라고 강요했다. 나는 "서로 맞는 말을 해서 아닐까요? 하필 서로의 의견이 반대되어서."라고 질문의 답을 쥐어 짜냈다.

"틀렸어요. 하정 씨가 틀린 말을 해서예요."

나는 그와 헤어지기로 결심했다.

우선 그의 말대로 오늘 그에게 맛있는 식사를 대접했

다. 한강뷰가 통창으로 보여 고소공포증을 불러일으키는 식당이었다. 아주 비싼 가격이었다. 우리는 셰프님의 추천으로 코스 요리를 주문했다. 음식이 나오고 우리는 싸우지 않았다. 서로의 기분이 상하기엔 음식이 너무 훌륭했으니까. 나는 맛있는 요리로 기분을 전환하는 게 싫었다. 그에게 반드시 오늘 헤어지자고 말해야 하니까.

순서대로 요리를 비우고 종업원에게 잘 먹었다는 인사와 함께 카드를 내밀었다. 그가 나에게 말했다.

"맛있게 잘 먹었어요. 고마워요."

"맛있게 먹었다니 기뻐요. 저 할 말 있어요. 이 건물 1층에 카페가 있던데. 커피 역시 제가 살게요."

엘리베이터를 타고 1층에 있는 대형 카페로 내려갔다. 우리는 1평도 채 되지 않는 이 좁은 공간에서 아무 말도 하지 않았다. 기분 좋은 침묵이었다. 1층에 도착해 문이 열리는 소리와 함께 그가 먼저 내 기분을 망가뜨렸다.

"나한테 헤어지자고 하지 마세요."

그가 눈치채고 있을 줄 알았다. 차라리 다행이다. 그에 대한 동정심은 이제 남아 있지 않았다. 왜 더 빨리 말하지 못했을까? 정말 아무것도 아닌데. 나는 엘리베이터에서 속으로 생각한 멘트를 다시 한번 속으로 되뇌었다. '걱정 안 시키는 좋은 여자 만나세요.'라고 말해야지. 그렇게 입을 열려고 하는 순간 그가 먼저 말했다.

"하정 씨는 저한테 정말 소중한 사람이에요."

"네?"

그는 데일 카네기의 인간관계론을 읽은 것이 분명하다. 비록 제대로 읽은 것 같진 않지만. 나는 타이밍을 빼앗긴 나머지 잠시 할 말을 잊어버렸다. 그러다 이 기회를 놓치면 큰일 날 것 같아 다시 정신을 차렸다.

"저처럼 걱정시키는 여자 말고 좋은 여자 만나세요."

"그럼 저도 빼앗을게요."

뭐? 나는 다시 할 말을 잊어버렸다. 대체 이게 무슨 소린지 생각해야 했으니까.

그는 내가 소중하다고 했다. 내가 자기로부터 소중한 '나'를 빼앗았으니 자기도 내가 소중하게 생각하는 무언가를 빼앗겠다고 했다. 한 달 전에 자기가 분양받은 단추를 말하는 건 아니겠지? 물론 내 돈으로. 거기에 사료까지 사다 주었다. 그래서 그런지 내가 그 집 강아지를 특히 더 예뻐했다.

  문제는 나도 모르는 사이에 시작되었을 것이다. 처음엔 아주 조금씩, 눈치채지 못할 정도로 선을 비집고 들어와 원래 여기까지 선이 그어져 있었다고 말한다. 그렇게 나의 영역에 그의 덫이 한두 개씩 늘어나고 있었다.

  덫에 걸려 옴짝달싹할 수 없을 때, 빠져나오기 위해 나를 바꾼다. 나의 감정과 생각을 덫에서 빠져나오기 위해 포기한다. 덫에 걸린 도마뱀이 꼬리를 자르듯이, 많은 것을 포기하고 꼬리를 자른다.

  하지만 덫은 한 개가 아니다. 더 이상 자를 꼬리가 남아 있지 않으면, 다행인지 불행인지 그것에 적응된다. 덫에 걸려 있는 것도 나쁘지 않다고. 덫에 걸려 있는 게, 덫에 걸릴 걸 두려워하는 것보다 안전하다고. 그렇게 그는 나를 덫으로 관리했다.

  언제부터였을까? 내가 어떤 사람인지 잊어버린 게. 나는 그에게 다시 사랑을 약속받았다.

  그날 밤 친구들에게 그와 있었던 일을 이야기했다. 그

의 사고방식을 설명했을 때, 친구들은 기겁하며 미쳤냐고 말했다. 그걸 왜 받아주냐고. 그리고 나를 걱정해 주었다.

나는 내가 왜 그를 다시 받아줬는지, 친구들에게 설명하려고 할 때 갑자기 소름이 돋았다. 나 자신도 이해가 되지 않았기 때문이다. 지금껏 걸려온 수많은 덫 때문이라고밖에는. 나는 그때부터 친구들에게 그와 있었던 이야기를 줄였다. 그렇게 덫에 적응하면 안 된다는 걸 알면서도 적응됐다.

다시 네 달 후, 현재

맛있는 밥을 얻어먹은 나는 보답해야 했다. 술을 마시고 싶지는 않았지만, 다시 카페에 가서 커피로 퉁치기엔 양심이 따라주지 않았다. 그렇다고 소주로 퉁칠 수도 없었다. 식사 자리에서 먹지 못한 와인이 생각나 적당한 와인바에 가자고 했다. 이 건물 2층에 있었다.

대리석 천장에 커다란 샹들리에가 군데군데 박혀있는

이곳은 꼭 서유럽의 성당 같았다. 혹은 궁전 같았다. 우리나라로 따지면 국회의사당같이 우아한 곳.

나는 저 대리석 천장 위처럼 이 남자의 마음을 알 수 없었다. 하는 행동을 보면 내가 싫지는 않은 눈치였지만, 여전히 군대에서 축구한 이야기를 하고 있었기 때문이다.

과일과 야채를 섞어 만든 샐러드에 파묻혀 있는 고기 안주를 주문하자, 소믈리에를 흉내 내는 20대 초반 아르바이트생이 어울리는 와인을 추천해주었다. 와인을 한 모금 음미한 남자는 동갑인데 말을 편하게 하자고 제안했다. 이 남자와 가까워진 것 같아 좋았다. 아직 군대에서 축구한 이야기가 끝나지 않았지만, 그래도 좋았다.

다섯 달 전

그와 사귄 지 2달이 지났다. 그는 나와 동갑이었지만 어쩐지 항상 존댓말을 썼다.

나는 그에게 처음으로 말을 편하게 하자고 말했고, 그

는 싫다고 했다.

"서로 존중해 주면 싸울 일도 없어요. 전 여자 친구에게 크게 데어서 감정 상할 일을 애초에 만들고 싶지 않아요."

나는 좋은 생각이라며 그를 말뿐만 아니라 마음으로도 존중해 주었다.

다시 다섯 달 후, 현재

5개월 전, 그런 일이 있었다는 사실이 짧게 기억났다. 더 전의 기억은 없었다. 연애 초반, 분명 좋았던 적도 있었겠지만, 그 후의 생긴 안 좋은 기억으로 전부 사라져 버렸으니까. 굳이 기억하고 싶지도 않았다.

우리는 둘이서 한 보틀의 술자리를 마치고 각자의 집으로 헤어졌다. 다음 주에 다시 만나자는 약속과 함께. 원한다면 더 빨리 볼 수도 있었다.

집으로 돌아와 샤워하러 욕실로 들어갔다. 노래를 듣기

위해 핸드폰도 가지고 들어갔다. 그때 소개팅을 주선해준 회사 동기에게 전화가 왔다.

"뭐야, 말도 안 해 주고. 어땠어?"

"미안, 집에 이제 들어왔어. 생각보다 진짜 재밌었어. 잠시만, 얼른 씻고 와서 말해줄게."

"다행이네. 바로 전화해."

전화가 끊어졌다. 나는 템포가 빠른 힙합 음악을 틀고 물 온도를 조절했다. 샤워기 호스에서 따뜻함과 뜨거움 사이 정도의 물이 내 몸을 적셨다. 두피까지 소름이 돋을 찰나에 그의 목소리가 들려왔다.

"전 지금 듣고 싶은데요?"

씨발. 그가 화장실 문틈으로 나를 지켜보고 있었다. 어떻게 들어왔을까?

선을 조금씩 넘을 땐 몰랐지만, 한 번에 넘으니 알겠다. 이곳은 내 영역이다.

"나랑 결혼하겠다고 했잖아요. 왜 약속 안 지켜요?"

그는 날 사랑한다. 그가 가장 소중하게 생각하는 것은 나다. 나는 그냥 그와 정말로 결혼한 후, 그가 보는 앞에서 목매달아 자살하고 싶었다. 그래서 그의 소중한 것을 빼앗고 싶었다. 솔직히 그가 쳐다보고 있다는 게 그렇게 놀랍지도 않았다. 그는 그러고도 남을 사람이니까.

"어떻게 들어왔어? 씨발놈아."

"방법이야 많죠. 먼저 현관문 비밀번호 버튼을 깨끗이 닦았어요. 그리고 안경닦이 수건에 기름을 묻혀 다시 박박 문질렀죠. 그다음에 하정 씨가 얼굴에 바르는 파우더를 묻혔어요. 그렇게 가루에 묻은 지문을 확인해 번호를 알아냈죠. 문제는 번호의 조합인데, 며칠 기다려보니 알겠더라고요. 삐 삐 삐 삐. 비밀번호는 4글자고 지문이 찍힌 번호도 다행히 4개였죠. 몇 번 조합해보니 운 좋게 열렸어요. 미안해요. 그래야 진정하고 이야기할 수 있으니까."

그렇게 대단한 방법도 아니었다. 어디서 한 번쯤 들어본 듯한 방법. 뉴스에서 중고등학생 정도 되는 애들이 밀가루 같은 걸 이용해 범죄에 사용한 방법을 응용한 것이었다. 웃음이 났다. 내가 없는 틈을 타, 문 바닥에 쪼그려 앉아 열심히 문지르고 있는 꼴을 상상하니 조금 가엾기도

했다. 그가 정말, 진심으로, 대단히 한심했다.

그가 "대체 왜 저를 싫어하는 거예요?"라고 물었다.

한 달 전에도, 두 달 전에도, 석 달 전에도 물었던 질문이었다. 나는 언제나 그 이유를 굳이 답하지 않았다. 그저 속으로 생각했다.

나는 너의 태도가 싫다. 나의 고민을 재미 삼아 듣고, 몇 달 후에 비아냥거리며 조롱하는 너의 얄궂은 행동이 싫다.

나는 너의 언어가 싫다. 그 비아냥거림 때문에 언짢아 나온 욕설에, 왜 욕을 하냐며 정색하는 너의 맹랑한 말투가 싫다.

나는 너의 생각이 싫다. 자신이 한 일은 새까맣게 잊었는지, 내 생각에 반감을 품고 죽자고 달려드는 너의 아둔한 판단이 싫다.

뿐만이겠는가? 너를 싫어할 이유가 너와 나 사이에 너무 많이 존재한다. 나는 이제 너의 모든 것이 싫다.

그때 전화벨이 다시 울렸다. 비치 타월로 몸을 가리고 전화를 받았다. 나와 오늘 하루를 함께 보내준 남자였다. 나는 앞에서 나를 쳐다보고 있는 그가 들을 수 있게 스피

커 모드로 전환했다.

"잘 들어갔어?"라는 말과 동시에 바코드 찍는 소리가 들렸다.

"아니. 아직 집에 안 들어갔어?"

"집 다 와서 엘리베이터 타려다가 마실 게 생각나 잠깐 편의점에 왔어. 집에 올라가는 엘리베이터랑 편의점이랑 딱 붙어있어서 항상 그냥은 못 올라가거든. 그것보다 집에 잘 못 들어갔다고?"

나는 남자의 질문을 질문으로 답했다.

"그럼 지금 당장 여기로 와줄 수 있어? 송파구 올림픽로 261-2 오피스텔 202호."

남자는 잠시 머뭇거리더니 "집에 이미 들어갔어도 다시 나왔을 거야. 올림픽로면… 바로 택시 타면 5분 정도 걸려."라는 말만 하고 전화를 끊지 않았다. 내 목소리에서 티가 많이 났나 보다. 나는 전화를 끊었다.

그의 표정이 굳어져 갔다. 굳어지는 그를 보니 기분이 조금 나아졌다. 나는 "그래서 여기 들어와서 뭐 어쩔 건데?"라고 덤덤하게 말했다.

"제가 하정 씨한테 뭘 어쩌겠어요? 그냥 사과하려고 온 거예요. 만나주질 않으니… 잘못했어요. 정말로. 다 내 잘못이에요."

무시해도 빠져나올 수 없었다. 맞서 싸워도 빠져나올 수 없었다. 도망가도 빠져나올 수 없었다. 그가 내가 있는 욕실 안으로 들어왔다. 그가 이미 넘은 선에 더 깊이 들어왔다. 나는 새하얀 비치 타월을 몸에 두른 채, 욕실에서 나와 그를 지나쳐 주방으로 갔다. 그리고 칼을 집었다.

그는 나의 행동에 아무런 반응도 하지 않았다. 나는 다시 그가 있는 욕실로 천천히 다가갔다. 비치 타월이 몸에서 흘러내렸다. 그는 내가 베지 못하리라 생각하는지 역시나 미동도 하지 않았다. 그를 빠져나올 방법은 극단적인 선택뿐이었다.

"칼은 무언가를 베는 도구인데 왜 베지 못할 거라고 생각해? 총이 만들어지기 전엔 최고의 무기였는데."

그는 내가 다가가는 만큼 나에게 다가왔다. 그와 내가 서로의 숨소리가 들릴 정도로 가까워졌을 때, 그가 칼을 쥐고 있는 내 손을 잡아 자신의 목에 가져다 대고 말했다.

"새로운 남자 친구가 오고 있는 거 아니에요? 그가 어서 와서 말려주길 바라고 있죠? 저도 이상한 거 인정해요. 근데 하정 씨도 이러는 거 보면 정상은 아니에요. 찌르고 싶으면 찔러요. 베고 싶으면 베어봐요. 그걸로 하정 씨 마음이 풀릴 수 있다면."

나는 눈을 감았다. 아무것도 보이지 않았다. 빛보다 평안한 어둠이었다. 시각을 재우고 청각에 의존하니 작지만 분명하게 들렸다. 살이 갈라지는 소리가.

욕실이라 그런지 순간적으로 얼굴에 물방울이 튀었다. 나는 속으로 3초 세고 눈을 떴다. 욕실 거울에 비친 모습을 보니 물이 아니라 피였다. 물이 다 피로 변하고, 피가 물에 희석되니, 그게 그건가?

그가 자신의 목을 양손으로 꽉 움켜쥐고 있었다. 이내 손목을 스스로 그을 때보다 더 느낌이 좋지 않았다는 것을 깨달았다. 거울과 내 눈동자에 동시에 무언가 비쳤다. 적색의 폭포수가 거꾸로 흐르는 이곳은 나의 이상향이었다.

이 이상향은 그가 나를 우습게 본 결과물이었다.

오늘 처음 본 남자가 우리 집에 와서 알몸으로 있는 나를 보고, 전 남자 친구와 굉장히 복잡해 보이는 문제로부터 나를 구해준다? 나는 그런 걸 믿지 않는다. 설사 그렇다 하더라도 나는 그 남자에게 폐를 끼칠 수 없었다. 송파구 올림픽로 261-2번 길은 애초에 없는 주소인걸.

그가 내 영역에 깊숙이 침범한 순간, 나는 그를 죽이기로 결심했다. 애써 미뤄왔던 일을 하는 것뿐이었다. 하지만 나는 힘으로 그를 제압할 수 없었다. 그래서 오늘 나를 즐겁게 해 주었던 남자에게 전화가 왔을 때, 스피커 모드로 전환했다. 누군가 여기로 오고 있다는 것을 안다면, 내가 아무것도 못 할 거라고 생각할 게 분명했으니까. 동우가 왔을 때처럼.

그래서 분명히 이렇게 행동할 거라고 생각했다. 무방비 상태로 나에게 다가와 되레 내 손을 쥐고 자기한테 칼을 겨눌 것을 확신했다.

다행인지 불행인지 깊게 베이지는 않았다. 누군가를 해하는 건 아무나 하는 게 아니라는 생각이 들었다. 그는 충격받은 표정으로 목을 부여잡고 밖을 향해 뛰어나갔다. 그가 한 발자국 걸을 때마다 떨어지는 피가 바닥을 적셨다.

나는 다시 물을 틀어 내 몸에 튄 피를 닦아내고 샤워를 마저 했다. 그리고 아무 표정 없이 피가 튄 거울을 손바닥으로 스윽 닦았다. 거울에는 울고 있는 눈, 제자리에 있는 코, 그리고 웃고 있는 입이 보였다.

뒷정리가 끝나고 나는 거울에 비친 표정으로 두 손이 묶인 채, 교도소 안으로 들어가는 상상을 했다. 하지만 3일이 지난 지금까지 아무 일도 일어나지 않았다. 그는 나를 경찰에 신고하지 않았다. 그가 날 사랑한다는 말은 진심이었나 보다. 나는 자수하지 않았다. 그저 거울을 보며 환하게 웃는 표정을 연습했다. 다시 원래의 내 모습을 되찾기 위해서.

[작가의 말

　나는 이 이야기를 글로 남겼다. 하정이라는 이름을 빌려서.
　영원히 잊지 않으려고? 아니, 끔찍한 기억을 글로 남겨 프린트한 후, 그의 사진, 그의 편지, 그와 관련된 모든 것을 모아 불로 태우는 의식을 진행하려 했다. 그렇게 하면 트라우마에서 벗어날 수 있을 거라고 생각했다.
　그런데 그렇게 괴로운 기억을 되짚어 글을 다 완성하고 나니 조금 아까워졌다. 나는 이 원고를 어떻게 할지 충분히 고민한 후에 여러 출판사에 보내기로 결정했다. 이 이야기가 운 좋게 책으로 나온다면 그도 알 수 있겠지. 그는 책을 많이 읽으니까. 아니면 내가 직접 그에게 보낼 수도.
　나는 덫을 놓기 시작했다.]

그녀의 덫

알아도 아는 척 안 했다.
그러자 상처가 아물었다.
그래도 아문 척 안 했다.
동정으로라도 널 속여야 되니까.

처음엔 그의 유치하고 어리석은 모습에 웃음이 났다. 꼭 블랙코미디를 어설프게 흉내 내려는 그런 장르 같았다. 하지만 페이지를 넘길수록 주인공의 입장에 몰입이 되자, 웃음은 답답함과 분한 마음에 스며들었다.

책의 마지막 장, 그러니까 작가라는 작자가 쓴 마지막 말까지 빠짐없이 읽은 나는 책을 갈기갈기 찢어 바닥에 던져버렸다. 책 모서리가 찌그러질 정도였다. 몸에 어느 한 부분이 쓰라렸다. 어디가 쓰라린지 몰라 몸을 마구 긁다가 깨달았다. 목젖 바로 아랫부분, 가로로 부풀어 오른 선홍색의 살갗이었다.

나는 마룻바닥이 괜찮은지 확인한 후, 찢어진 종잇장을

주위 모아 페이지에 상관없이 겹쳐 책꽂이에 끼워 넣었다. 바로 옆에 테이프가 있었지만, 사용하지 않았다. 이 책은 스릴러였다. 작가가 실제 경험을 극사실주의로 촘촘하게 묘사한, 섬뜩한 스릴러.

내 수준을 인정하는 과정은 슬프고 괴로웠다. 또 지루했다. 이제 더 이상 친구들을 G바겐에 태우고 여행하는 상상을 할 수 없으니. 이제는 밖에 있는 수많은 사람들처럼 이 나라의 일원으로 인정받아 똑같은 시간에 일어나, 똑같은 시간에 출근하고, 퇴근하기를 반복해야 한다. 상상이 아니라 실제로.

나는 마지막으로 한번 더 창조적 상상에 빠졌다. 상상 속에서 G바겐을 탄 친구들은 여행의 설렘을 환한 웃음으로 보여주었다. 조수석에 앉아 있는 '그녀'만 빼고. '그녀'는 내 상상 속에서도 웃지 않았다. 그녀의 웃는 모습이 기억나지 않아 묘사할 수 없었다.

나는 3년 동안 준비하던 사업을 시작도 하기 전에 포기했다. 애초에 대기업은 기대하지 않았지만 그래도 몇 군데 넣어보았고, 본격적으로 중견기업부터 시작해 조금씩 눈을 낮췄다. 그러한 노력으로 2개월 후, 중소기업에 취직할 수 있게 되었다. 중소기업은 내가 친구들에게 하는 말이다. 이제 막 창업한 스타트업 수준인걸. 3년 동안 영감을 얻겠다는 핑계로 놀러 다니며 사업을 준비한 대가였다. 그렇게 나는 내 수준을 인정했다.

이른 아침, 하루 종일 제자리에 우뚝 서 있는 빌딩으로 분주하게 드나드는 아침형 인간들의 하루가 시작되었다. 살이 쪄서 타이트해진 정장 차림으로 빵빵거리는 아버지들, 그 시간에 맞춰 식당 문을 여는 어머니들, 자기만한 책가방을 메고 학교, 학원, 독서실에 등원하는 딸들, 그보다 조금 더 늦게 카페를 오픈하는 아들들이 보였다.

바쁜 이들을 보고 있자면, 가슴에서 무언가 벅차오른다. 이 세상이 이들을 통해 돌아가고 있다는 열정, 그리고 자극 같은 것들이. 그래도 하루 종일 소음에 둘러싸여 피곤한 이들에게는 잠깐의 정적이 필요해 보였다. 수영장 물맨 밑바닥으로 가라앉았을 때 느낄 수 있는 그 정적이.

꽉 막힌 도로 때문에, 구역을 나누어 출퇴근 시간을 한 시간씩 늦춰 조정하는 법이라도 만들면 어떨까라는 터무니없는 생각을 해보았다. 그리고 나도 저들과 마찬가지로 빌딩 안으로 섞여 들어 "안녕하세요."를 시작으로 아침형 인간에 적응했다.

평소에 별의별 잡생각에 쉽게 잠들지 못했지만, 그날 하루의 공기가 선물해 준 안락함은 내 눈꺼풀을 서서히 감기게 했다. 불면증이라고 생각해왔던 내 상태는 핑계였던 것 같다. 그저 더 바쁘게, 열심히 살지 않았다는 증거가 되었다. 매일 밤 꾸던 꿈은 깊은 잠에 찾아오지 않았다.

회사 생활을 한 지 일주일이 지났다. 자유로운 분위기에 업무가 주어졌다. 업무 시스템이 아예 없다는 말이다. 체계는 엉망이었고 복지가 조금이나마 있었지만 이용할 수 없다고 생각하면 되었다. 예를 들면, 사장님 동생이 운영하는 오래된 펜션 예약권 같은 것들. 아, 월급 역시 적었다.

좋은 점이라곤 내 대각선 자리에 앉아 벌써 40분째 핸드폰 게임을 하는 사장님이 아주 착하다는 점뿐이었다.

사장님은 천주교 신자였다. 세례명이 욥이라고 했나? 회사에 온 첫날, 나에게 욥에 대해 이야기해 준 적이 있다.

나는 일을 시작한 지 2일 만에 때려치우고 싶었지만 매일 기도로 아침을 시작하는 사장님의 모습에 한 달을 목표로 잡았다.

착한 사람은 사장님뿐만이 아니었다. 흔히들 직장 생활에 있어서 가장 힘든 것은 사람이라는데, 그런 거 보면 나는 운이 좋았다. 여기 있는 모두가, 사람이 아주 선했다.

선과 악은 전염된다. 바이러스처럼 빠르지는 않지만. 선한 사람들 옆에 있으니 나도 선해지는 기분이었다. 아니지, 내가 선해서 저들도 선해졌나 보다.

퇴근을 하면 여자 친구 세은이를 만났다. 그녀는 긴 생머리를 밝게 염색했으며 얼굴이 작고 하얬다. 또 캐나다 유학파 출신으로 영어를 아주 잘했고, 수능 영어 1타 강사를 꿈꾸는 미래의 경제 주역이었다.

우리는 만난 지 3주 된 풋풋한 커플이었다. 그녀는 무기력함과 우울감에 빠져 고생하고 있는 나에게 기꺼이 손을 뻗어주었다. 그녀는 나를 사랑했고, 나도 그녀를 사랑했다. 내가 얼마나 그녀를 사랑했냐면, 그녀를 따라 일요일마다 교회에 가기도 했다.

하지만 그녀가 언제 나를 떠날지 모른다. 그래서 나는 그녀에게 예쁜 구두를 선물했다. 혹시 그녀가 나를 떠났을 때, 이별의 핑계를 신발로 돌리기 위해서. 그녀가 날 떠날 이유는 내가 아니라 신발일 것이다. 그럼에도 그녀가 날 떠나지 않는다면 난 끔찍한 저주를 이겨낸 아주 매력적인 사람인 게 분명하다. 나는 그런 식으로 내 자존감을 지켰다.

문득 스스로가 행복하다는 생각이 들었다. 인생에 3년을 아무것도 이룬 것 없이 보냈고, 내가 꿈꾸고 상상하며 보낸 모든 시간이 전부 망상 속 개꿈이 되었지만, 그래도 행복했다. 모두 세은이 때문이었다. 나는 이 여자를 절대 놓칠 수 없었다. 그녀가 떠나가지 않게 정말 잘해야겠다고 생각했다.

세은이와 즐거운 하루를 보내고 집으로 돌아왔다. 문 앞에는 택배 상자가 하나 놓여 있었다. 나는 현관 비밀번호를 누르면서 상자를 흔들어 보았다. 크기와 무게, 그리고 안에서 나는 소리로 추측해보니 잡지 한 권이 들어 있는 것 같았다. 오늘 새벽에 주문한 알랭 드 보통의 [불안]

이 벌써 배송되었나 보다. 택배사에서 문자 온 건 없었는데… 우리나라 배송 시스템에 또 한 번 감탄했다.

집 안으로 들어가 곧장 부엌에서 가위를 가져와 두 번이나 칭칭 감겨있는 테이프를 잘라 보니, [그의 덫]이라는 책이 있었다. 검은색 표지에 딱딱한 하드커버지로 된 아주 얇은 책이었다. 책을 보고 처음 든 생각은 '배송이 잘못 왔나?'가 아니라 '이 정도 분량으로도 책이 출간될 수 있구나. 소장용으로 출간한 건가?'였다. 나는 [불안]을 주문한 홈페이지에 들어가 배송을 조회했지만, 아직 배송 준비 중이라고 기재되어 있었다. 상자 겉면을 확인했다. 내 이름이 기재되어 있는 걸 보니 제대로 온 게 맞았다. 박스에 적혀 있는 번호를 핸드폰 연락처에 입력해 보았지만 모르는 번호였다. 보내는 이의 이름은 영어로 되어 있었고 송파구에서 보냈다. 짐작 가는 곳은 없었다. 나는 이 영문모를 책을 책상에 올려둔 뒤 잊어버렸다.

2일이 지났다. 회사에 떡이 배달되었다. 엄마가 내 이름으로 잘 부탁한다고 주문한 것이었다. 이곳에서 일한 지

일주일이 넘었지만, 꽤 좋은 타이밍이었다. 사장님과 사모님을 포함해 8명의 직원이 새로 생긴 국밥집에 갔는데, 너무 짜서 제대로 먹지 못했기 때문이다. 사장님은 시루떡을 집어 먹으며 나에게 고맙다고 말했다. 다른 직원들도 나에게 감사 인사를 전했고, 나는 아니라며 쑥스러워했다.

오후 4시가 되었을 때, 카카오톡 메시지와 문자메시지가 하나씩 왔다. 하나는 오늘 세은이가 메가스터디에 보낼 영어 수업 샘플 영상을 찍느라 만날 수 없다는 연락이었고, 또 하나는 전에 주문한 알랭 드 보통의 책이 오늘 저녁 18시에서 20시 사이에 도착한다는 메시지였다. 그제야 나는 이틀 전에 받았던 한 권의 책이 떠올랐다.

퇴근 후, 먹다 남은 떡으로 대충 끼니를 때우고 곧장 집으로 돌아가 배송된 책을 뜯었다. 이번 표지는 꽤 마음에 들었다. 벌써 다섯 번이나 읽은 [불안]이었지만, 여러 번역본을 읽어보기 위해 주문한 다른 출판사의 책이었다. 그런데 책이 출간된 출판사만 다를 뿐, 번역가가 같다는 것은 책을 뜯어보고 나서야 알았다.

나는 금세 흥미를 잃고, 이틀 전에 배송 온 [그의 덫]부터 읽어야겠다고 생각했다. 분량이 적은 단편소설이라 금방 읽을 것 같았다. 침대에 누워 스탠드로 빛을 만드니, 빛에 관한 첫 문장이 시작되었다.

[밤의 빛이 떠올랐다. 그 빛은 나에게 알맞은 밝기였다.]
밤의 빛? 달을 말하는 건가?

문장이 어딘가 엉성하면서도 썩 괜찮았다. 그게 이 책의 매력이었다. 책의 첫 페이지를 읽고 왠지 모를 익숙한 문장에 빠져들었다. 이야기의 빌런 역할인 '그'가 참으로 어리석고 유치했다. 어이가 없어 웃음이 날 정도였다. 꼭 블랙코미디를 어설프게 흉내 내려는 그런 장르 같았다. 하지만 도입부가 끝나고 본격적인 이야기가 시작되자 나는 더 이상 웃을 수 없었다. 주인공인 '하정'과 함께 '그'의 수준 낮은 행동을 욕하며 종이를 계속 넘겼다. 그러다가 "뭐야, 이 한심한 새끼. 왜 저러는 거야?"라며 답답함에 읽고 있던 페이지를 살짝 구겼다.

주인공인 '그녀'가 이사를 하는 대목이 나왔다. '그'는 '그녀'가 이사를 도와주는 자신의 친구를 향해 웃었다는 이유로 시비를 걸기 시작했다. 왠지 어딘가 익숙한 대사였다. 그때 인터폰에 벨이 울리며 듣기 좋은 목소리와 함께 노크 소리가 들렸다.

"나예요. 세은이."

나는 얼른 문을 열어 웃는 얼굴로 그녀를 맞이했다.

"오늘 바쁘다고 하지 않았어요?"

"생각보다 촬영이 일찍 끝났어요. 왜 전화 안 받아요?"

무음 모드로 해놓은 핸드폰을 보니 부재중 전화가 3통이나 와있었다.

"미안해요. 책 읽느라 몰랐어요. 책에 푹 빠져버렸지 뭐예요."

나는 말도 없이 어쩐 일이냐고 말을 이으려다 멈췄다. 내가 보고 싶어서 왔겠지. 나는 그녀의 겉옷을 받으며 말했다.

"뭐 좀 먹을래요?"

세은이는 고개를 좌우로 흔들다가 냉장고로 고개를 돌렸다.

"과일이나 있으면 좀 주세요."

나는 냉장고에서 블랙 사파이어 포도를 꺼내 깨끗이 헹구어 접시에 예쁘게 담았다. 그 사이에 세은이는 내 방으로 들어가 침대에 펼쳐져 있는 책을 빤히 바라보며 나에게 말했다.

"누군가 했더니, 책 선물 고마워요. 진짜 재밌게 읽었어요. 약간 다크하긴 했지만. 왜 말 안 했어요?"

"네? 그게 무슨 소리예요?"

"이 책이요. 우리 집으로 선물해준 거 아니에요? 똑같은 책인데. 그의 덫."

"아니요? 저도 그저께 선물 받은 거예요. 누군지는 모르겠어요. 따로 연락 올 줄 알았는데, 아직 안 왔네요."

그녀는 "장난하지 마요."라며 웃었고, 나는 "장난 아니에요. 이거 봐요."라며 아직 버리지 않은 택배 상자를 보여주었다.

"그럼 누가 보냈죠? 아… 지은인가? 저번 주에 우리 사귀게 된 거 축하한다고 하더니. 어때요? 다 읽었어요?"

나는 "저번 주에 같이 놀러 온 그 친구요? 좋은 책을 받았으니 좋은 책으로 보답해야겠네요. 주말 동안 재미있는 책을 골라놔야겠어요."라고 말하며 마구잡이로 쌓여있는 책장을 바라보았다. 그녀는 블랙 사파이어 포도를 한 알 집어먹으며 침대에 걸터앉았다.

"이런 종류의 책은 처음 읽어봐요. 재밌는데 뭔가 익숙하달까. 같이 읽을래요?"

나는 "다 읽었다면서요."라고 말하며 그녀가 말을 바꾸기 전에 옆에 걸터앉았다. 우리는 마음에 드는 문장을 발견하면 밑줄을 긋기로 하고 각자 볼펜을 들었다.

이사가 끝나고 이사를 도와준 친구들에게 주인공이 중국의 비싼 마오타이주를 대접하는 장면이 나오자 옛날 생각이 났다. '그때 그게 얼마짜리였더라? 진짜 명주였는데.'

세은이가 [하정 씨 잘못이라니까요?]라는 문장에 밑줄을 그었다. 비유도 은유도 없는 보통 대화체였다. 내가 '이게 왜 마음에 들어요?'라는 표정으로 쳐다보자, "이 남자가 계속 남 탓하는 게 웃기잖아요. 화도 나고."라고 말했다. 나는 그 말에 동의하며 말했다.

"만약 우리가 싸우게 된다면 그건 무조건 제 잘못일 거예요."

그녀가 웃으며 책에 집중하라고 말했다.

페이지를 더 넘기자 '그'가 이별 통보한 주인공을 붙잡으러 고향에 간 장면이 나왔다. 그때 세은이가 소리를 질렀다.

"그래요. 이 장면. 진짜 쓰레기 아니에요? 어떻게 자기가 키우는 강아지를 버린다고 협박해요? 그것도 여자 친구의 마음을 돌리려는 사람이? 여기까지 보고 책 덮을 뻔했어요." 그러면서 다시 밑줄을 긋기 시작했다.

[그것은 덫이었다. 내 몸에 흡수된 치사량에 가까운 알코올 농도와 수준 낮은 협박에 굴해 그의 차에 탔을 때, 이미 나는 그의 덫에 걸리고 말았다.]

세은이가 그은 밑줄이 끝나는 지점에서 심장이 마구 뛰었다. 내 옆에 딱 붙어서 책을 읽고 있는 세은이 때문이 아니었다. 책 속에 주인공인 '그녀' 때문이었다. 그 대목, 아니 그보다 더 전 대목에서부터 내 심장은 번개를 맞은 것처럼 아리기 시작했다. 나는 무언가 이상하다는 것을 느꼈다. "잠시만요."라고 말하며 책의 페이지를 거꾸로 넘겼다.

'그'가 이별을 통보한 '그녀'에게 연락이 되지 않자 계좌로 돈을 송금하며 메시지를 전하는 장면, 마오타이주를 먹는 장면, 이상한 계약과 맹세를 강요하는 장면, 그리고 세은이가 밑줄 친 문장을 다시 보았다. [하정 씨 잘못이라니까요?] 나는 밑줄 친 대목을 소리 내서 읽었다.

"하정 씨 잘못이라니까요?"

씨발. 이것은 내 이야기였다.

세은이가 나를 이상하게 쳐다보았다. 나는 '설마 아니겠지.'라고 생각하며 내 몸에 스스로 침착을 권했다. 계속 페이지를 넘겼다. 눈치 없는 세은이는 마음에 드는 문장에 계속 밑줄을 그어 나갔다. [나는 그렇게 그에게, 뜨겁게 데어 익어가고 있었다.], [틀렸어요. 하정 씨가 틀린 말을 해서예요.], [나는 그에게 다시 사랑을 약속받았다.].

한 장 한 장 넘길 때마다 마음속에서 천둥과 번개가 요란하게 비바람을 수반했다. 어느새 책의 페이지가 얼마 남지 않았다. 하루 종일 '그녀'의 소개팅을 훔쳐보다가 '그녀'가 집에 들어가자, 조잡하게 알아낸 현관문 비밀번호로 '그녀'가 씻고 있을 때, '그녀'의 집 안으로 들어가는 대목이었다.

갑자기 숨이 턱 막혀왔다. 호흡하기가 불편했다. 정말 책 속의 문장처럼 신이 잘못된 과거를 참회하라고 주위에 공기를 잠시 빼앗는 것 같았다. 이것은 명백한 내 이야기였다.

세은이가 안절부절못하는 나를 살폈다.

"왜 그래요? 괜찮아요?"

"아니에요. 너무 몰입했나 봐요."라고 말하면서도 나는 책 읽는 것을 멈출 수가 없었다. 세은이가 "그만 보는 게 좋겠어요."라고 말해도 나는 책에서 눈을 뗄 수 없었다.

"괜찮아요."

마지막 장면이었다. 주인공은 자신의 집에 무단 침입해 샤워하는 모습을 훔쳐본 '그'의 목을 베었다. 그렇게 이야기는 끝이 났다. 바로 다음 페이지에 작가의 말이 쓰여있었다.

[작가의 말

나는 이 이야기를 글로 남겼다. 하정이라는 이름을 빌려서.

영원히 잊지 않으려고? 아니, 끔찍한 기억을 글로 남겨 프린트

한 후, 그의 사진, 그의 편지, 그와 관련된 모든 것을 모아 불로 태우는 의식을 진행하려 했다. 그렇게 하면 트라우마에서 벗어날 수 있을 거라고 생각했다.

그런데 그렇게 괴로운 기억을 되짚어 글을 다 완성하고 나니 조금 아까워졌다. 나는 이 원고를 어떻게 할지 충분히 고민한 후에 여러 출판사에 보내기로 결정했다. 이 이야기가 운 좋게 책으로 나온다면 그도 알 수 있겠지. 그는 책을 많이 읽으니까. 아니면 내가 직접 그에게 보낼 수도.

나는 덫을 놓기 시작했다.]

내가 직접 그에게 보낼 수도.

신이 나에게 허락된 공기를 다 빼앗아갔다. 신이 줬다 빼앗은 공기를 되찾으려 억지로 심호흡해도 숨이 돌아오지 않았다.

나는 세은이가 들고 있던 책을 낚아채 갈기갈기 찢어 바닥에 내리꽂았다. 그러고는 택배 상자 겉면을 확인했다.

"보내는 사람 SALLY, 송파구 올림픽로 261-2 오피스텔 202호."

영어 이름에 모르는 주소였다. 아니, 어쩐지 살면서 딱 한 번쯤 들어본 주소 같았다. 주소를 핸드폰에 검색했다. [송파구 올림픽로 261-2]. 아무것도 나오지 않았다. 이곳은 책 속에 있는 '그녀'의 주소였다.

그제야 비로소 이 책의 저자를 확신할 수 있었다. 내 목을 긋고 내 소중한 것을 빼앗아간 '그녀'였다.

이 책은 스릴러였다. 작가가 실제 경험을 극사실주의로 촘촘하게 묘사한, 섬뜩한 스릴러.

몸에 어느 한 부분이 쓰라렸다. 어디가 쓰라린지 몰라 몸을 마구 긁다가 깨달았다. 목젖 바로 아랫부분, 가로로 부풀어 오른 선홍색의 살갗이었다.

나는 목젖 아래 살짝 튀어나온 살을 더듬으며 머릿속으로 독후감을 작성했다.

2년 전

서늘한 칼날이 목에 닿자 온몸에 있는 감각기관이 날을

세웠다. 그녀가 눈을 감았다. 그 순간 그어지는 살 소리에 청각과 촉각, 무엇이 더 먼저랄 것 없이 반응하여 몸서리치게 했다.

나는 충격에 빠진 채, 폭포처럼 쏟아내는 피를 손바닥으로 막았다. 그때 처음 알았다. 피라는 게 막는다고 막히는 게 아니라는 것을.

나는 그녀의 집에서 곧장 뛰쳐나왔다. 충격에 눈물이 흘렀다. 슬픔이 섞인 탁한 눈물은 턱을 타고 내려와 목에서 나오는 피와 섞여 붉게 물들었다. 그녀가 나를 베었다. 매일 사랑한다고 얘기해주는 나의 성대를 칼로 베었다. 사랑하기 때문에 행하는 연인 간의 당연한 관심을 제멋대로 오해해 나를 배신했다. 그녀는 나의 관심을 속박이라고 생각했고 나의 사랑을 덫이라고 의심했다. 그렇게 나는 그녀의 덫에 걸려 피를 쏟아냈다.

나는 큰길로 나와 택시를 향해 손을 뻗었다. 택시는 내 앞에 서서히 멈춰 서더니, 피범벅이 된 내 모습을 보고는 속도를 올려 나를 지나쳤다. 나는 택시를 향해 가운뎃손가락을 치켜든 후, 다시 손을 뻗었다. 두 번째로 나타난 택시가 내 앞에 멈춰 섰다. 어쩌면 내 피를 보지 못한 걸 수도 있었다.

기사 아저씨는 택시에 탄 나를 보고 겁에 질린 표정으로, 목적지도 묻지 않고 가까운 병원으로 출발했다.

"엠뷸런스 불러서 가야 하는 거 아니에요?"

기사 아저씨의 질문에 나는 "정신이 없었어요."라고 말했다. 목소리가 안 나올 줄 알았는데 또박또박 나와 다행이었다. 내가 위험인물이 아니라는 걸 확인한 기사 아저씨는 시트에 피가 묻을까 봐 염려하는 눈치를 보내며 주유소 휴지를 건넸다. 나는 피가 다른 곳에 묻지 않게 휴지로 조심히 감쌌다.

병원 앞에 도착해 요금을 지불하고 안으로 뛰어갔다. 접수처에서는 내 상태를 보더니 바로 응급실로 보냈다. 나는 병원 침대에 누워서야 안심한 채, 눈을 감을 수 있었다.

11땀의 봉합수술이 시작되었다. 속살을 꿰매고 바깥을 메웠다. 마취를 했는데도 고통스러웠다. 눈을 감아도 봉합하는 장면이 머릿속에 그려졌다. 공포 속에서 마취는 무의미했다. 나는 그렇게 정신적 무질서 속에서 수술을 간신히 견뎌냈다.

의사 선생님이 목에는 경동맥과 경정맥이 있다고 했다. 내가 못 알아듣자 비유를 바꿔 설명해주었다.

"심장에서 뇌로 피를 보내는 가장 굵은 대동맥이 목덜미 바로 양옆에 있는데, 이 중 한 부분의 동맥혈관이 손상을 당하면 과다출혈로 즉사해요. 정맥의 경우도 시간 차이가 있을 뿐 마찬가지고요. 정말 얕게 베여서 다행이지 진짜 위험한 상황이었어요."

어쩌다 이렇게 됐는지 묻는 눈치였다. 내가 알아들었다는 의미로 고개를 두세 번 끄덕이자 다시 말했다.

"목에는 기도도 있는데 피가 기도를 막으면 숨 못 쉬어요. 어쩌다 이렇게 된 거예요?"

꼭 자살 시도를 했는지 묻는 눈치였다. 내가 말없이 땅만 바라보자 목이 베이면 어떻게 되는지 여러 가지 사망 경로를 더 알려주었다. 나는 조금 전까지만 해도 그녀에게 정말 화가 났지만 입 밖에 꺼내지 않았다. 의사가 얕게 베였다고 말했다. 그녀는 날 사랑한다. 그녀는 나를 겁만 주려다가 실수로 벤 것이다. 이 정도는 누구나 하는 실수다. 나는 그녀를 용서할 것이다. 나의 자비에 감동한 그녀는 나에게 헌신할 것이고, 우리는 다시 예전으로 돌아갈 것이다.

목은 무사히 회복되었지만, 흉터는 지워지지 않았다. 나는 잘됐다고 생각했다. 이 흉터는 내 용서의 계약이고, 사랑을 맹세하게 하는 증표니까.

다시 2년 후, 현재

세은이가 처음 보는 나의 모습에 소리 없이 떨고 있었다. 나는 세은이에게 사과한 후, 찢어진 페이지를 주워 모았다. 세은이가 테이프를 가져와 옆에 놓았지만, 나는 페이지에 상관없이 대충 겹친 다음 책꽂이에 끼워 넣었다.

"왜 그래요? 놀랐잖아요."

"미안해요."

"왜 그런 건데요? 설명해요."

"아니에요. 제가 너무 몰입했나 봐요. 정말 미안해요."

세은이는 나의 사과에도 화가 풀리지 않았는지 얼굴이

빨갛게 달아올라 노려보았다.

 나는 "정말 미안해요. 무섭게 하려는 게 아니었어요."라고 말하며 세은이를 안심시켰다. 그리고 목을 매만지며 "제가 트라우마가 있나 봐요."라고 덧붙이자 그녀가 내 목을 쳐다보았다.

 "그러고 보니 목에 흉터는 언제 생긴 거예요? 좀 더 나중에 물어보려 했는데…"

 내가 아무 말도 하지 않자, 세은이는 잠시 무언가 생각하더니 곧바로 나를 어루만져 주었다. 지난날의 악몽이 사라지는 것 같았다. 세은이가 너무 고마웠다. 나는 그녀에게 솔직히 말하기로 했다. 그녀라면 내 전부를 이해해 줄 테니까.

 "이 책 지은 씨가 보낸 거 아니에요."

 "네?"

 "이거 제 전 여자 친구가 보낸 거예요. 이건 제 이야기거든요. 목은 그때 생긴 상처예요. 제가 전 여자 친구한테 정말 크게 데었거든요."

 "네? 그게 무슨…."

나는 그녀를 위해 '그녀'와 있었던 이야기를 시작했다. 선택적 기억을 더듬으며 거짓 없이 솔직하게. 그리고 조금 유리하게.

한 시간가량 시간이 흘렀다.

"'그녀'에게 목이 베인 후, 병원으로 갔죠. 하지만 저는 '그녀'를 용서했어요. 사랑했던 사람이었으니까."

세은이는 내 모든 이야기를 듣고 충격에 빠졌다. 그리고 말했다.

"그래서요? 그다음에는 어떻게 됐어요? '그녀'를 용서했더니 '그녀'가 뭐래요?"

다시 2년 전

며칠 후, 날이 풀렸지만 나는 목폴라 티를 입고 그녀의 집으로 향했다. 그녀 앞에서 목폴라를 걷으며 내 자랑스러운 목을 보여주는 퍼포먼스를 진행하리라. 하지만 그녀는 다른 곳으로 이사 갔는지 없었다. 혹시 몰라 집주인에게 연락했지만, "그건 나도 모르지."라는 말뿐이었다. 그러고는 "설사 알더라도 개인 정보인데 알려주면 큰일 나."라고 덧붙이며 내 작은 소망을 무너뜨렸다.

그녀의 회사로 갔다. 그녀가 그만두었다고 한다. 집을 잃은 고아가 된 기분이었다. 그때 목이 베인 날 그녀와 만난 남자가 그녀에게 한 말이 생각났다.

[집 다 와서 엘리베이터 타려다가 마실 게 생각나 잠깐 편의점에 왔어. 집에 올라가는 엘리베이터랑 편의점이랑 딱 붙어있어서 항상 그냥은 못 올라가거든.], [올림픽로면… 바로 택시 타면 5분 정도 걸려.]

'그래, 그때 올림픽로면… 상세 주소는 거짓말이었어도 집이 올림픽로에 있는 건 맞았으니까. 넉넉하게 15분 거리에 있는 상가 편의점을 전부 찾으면 찾을 수 있어.' 나는 이렇게 생각하면서 그녀를 찾기 위해 남자의 집을 찾기 시작했다.

밤 11시 서울의 도로는 막히지 않았다. 택시 기사 아저씨가 과속을 한다 가정하고, 뻥 뚫린 도로를 15분 안에 도착할 수 있는 거리는 약 4.2km. 넓게 5km로 잡았다.

구글맵과 거리뷰를 동시에 켰다. 그녀의 집을 기준 삼아 반경 5km 거리에 편의점을 찾자 833개의 점포가 나왔다. 갖가지 주거 형태를 전부 포함한 방 한두 개짜리 오피스텔은 97개가 나왔다. 그중 편의점 상가가 딸린 주상복합 오피스텔은 21채뿐이었다.

나는 그 남자의 얼굴을 알고 있었다. 그녀가 소개팅하는 날, 그 남자를 쭉 보고 있었기 때문이다. 나는 오늘부터 21일 동안 체크해놓은 편의점 앞에서 하루를 보낼 것이다.

물론 오차범위, 혹은 데이터상의 문제로 못 찾을 수도 있다. 하지만 그녀를 만날 방법은 이것뿐이었다. 운은 나에게 올 수도 있고 안 올 수도 있지만, 무조건 온다고 생각하며 대비하고 기다려야 한다. 그렇게 나에게 조금의 운이 온다면 3주면 찾을 수 있다. 나는 다시 그녀를 되찾고야 말 것이다.

그녀를 찾아 나선 지 첫날이었다. 두 가지 예상하지 못한 것이 있었다.

첫 번째는 만약 그 남자가 차가 있다면 지하주차장에서 엘리베이터를 타고 바로 올라갈 것이고, 차가 없다면 정문을 통해 올라갈 것이다. 그래서 나는 한 건물에 이틀을 투자해야만 했다. 지하주차장과 연결된 엘리베이터가 없으면 운이 좋은 날이었다.

두 번째는 그 남자가 집 밖을 안 나올 수도 있다는 것이었다. 그래서 직장 생활을 한다는 것을 가정하에 평일에만 지켜보기로 했다. 주말은 봤던 곳을 되돌아보기로 했다. 그렇게 되면 최대 58일까지 걸리는 불운의 상황이 올 수도 있었다. 별수 없다. 하는 수밖에.

그녀를 찾아 나선 지 34일째였다. 34번째로 기다리는 이곳은 신축 오피스텔이었고, 30층 높이까지 있어 소형 아파트라고 불러도 될 것 같았다. 1층에는 중간을 기준으로 좌우로 4개씩, 총 8개의 상가가 있었다. 중앙 엘리베이터를 기준으로 왼쪽 맨 끝부터 헬스장, 세탁소, 분식집, 편의점이 있었고 오른쪽으로는 카페, 오피스텔 부동산, 빵집, 네일숍이 있었다. 왠지 느낌이 좋았다. 사실 언제나 느낌은 좋았다.

지하주차장이 따로 있었지만, 지상 오피스텔 바로 앞에도 주차선이 그어져 있는 공간이 일렬로 3개 그려져 있었다. 주차 공간에는 벤츠 AMG GT 63s 모델과 내 꿈의 차였던 벤츠 G63 AMG 모델이 있었다. 차가 커서 그런지 주차선을 삐져나와 남은 한자리까지 3분의 1가량 차지했다.

"주차 좀 똑바로 하지."

나는 남아 있는 공간에 차를 세워놓고, 오늘은 그녀를 만날 수 있길 기대했다.

오후 5시 30분이 되었다. 분식집에 들어가 떡볶이와 만두를 만 원어치 포장했다. 그리고 분식집 아주머니한테 "302호에 친구가 사는데 자고 있어서 연락이 안 돼요. 이거 같이 먹으려고 하는데 공동 현관문 비밀번호 아시나요?"라고 말했다. 분식집 아주머니는 비밀번호를 흔쾌히 알려주었고, 나는 밖으로 나가 차에서 떡볶이를 먹으며 다시 기다렸다.

밤 11시가 되자, 택시에서 두 남녀가 내렸다. 여자는 후드티에 트레이닝 바지를 입고 있었다. 여자가 후드 모자를 벗으며 머리를 흔들어 정리했다. 단발머리에 굵은 웨이브 머리였다. 머리카락 색은 여전히 밝았다. 찾았다.

그녀였다. 운이 좋게도 그녀가 함께 있었다. 그녀를 못

본 지 한 달이 넘었다. 내가 알던 모습과는 많이 바뀌었지만, 여전히 아름다웠다. 나는 그들이 건물 안으로 들어가자 텀을 두고 현관문 비밀번호를 눌렀다.

그들은 편의점에 들러 주전부리를 사고 엘리베이터로 향했다. 엘리베이터 문이 닫히자 나는 층수를 확인하며 계단으로 뛰기 시작했다. 2층 3층, 4층, 엘리베이터는 멈추지 않았다. 운이 나쁘면 30층에서 멈출 수도 있었다. 숨이 차올랐지만 힘들어서가 아니라 그녀를 찾았다는 기쁨에 숨이 차는 거라 믿었다. 다행히 엘리베이터는 19층에서 멈췄다. 이 정도면 나쁘지 않았다.

호실은 1901호부터 1908호까지 8개가 있었다.

1903호 문 앞에는 보조 바퀴가 달린 네발자전거가 한 대 있었다. 아이가 있는 집이었다.

1906호 문에는 운세, 사주, 궁합, 작명, 퇴마가 세로로 쓰여있는 팻말이 붙어있었다. 사주팔자를 봐주는 집이었다.

1907호 문에는 원형 플라워 리스가 잔뜩 꾸며져 있었다. 아이들 공부방 같은 곳이었다.

나는 내 위치에서 가장 가까이 있는 1902호 앞에 서서 문에 귀를 가까이 대보았다. 두 남녀가 격하게 싸우는 소리가 들렸다. 그녀의 목소리는 아니었다.

아이의 집, 사주팔자 집, 공부방을 제외하고 문 가까이에 귀를 대보았지만, 잘 들리지 않았다. 그때 CCTV가 정확히 나를 가리키고 있었다. 딱히 상관없었지만, 더 좋은 생각이 나 문에서 떨어져 1층으로 내려갔다.

나는 1층에 있는 부동산으로 가 19층에 나온 매물을 확인했다. 빨간색 뿔테 안경을 쓴 바싹 마른 아주머니가 피곤해 보이는 얼굴로 1901호와 1904호가 현재 비어있다고 말했다. 그렇다면 남은 집은 1905호와 1908호. 둘 중 하나였다.

그제야 정신이 번쩍 들었다. 그녀가 밤 11시가 넘어 남자가 혼자 사는 집에 들어갔다. 나는 화가 난 상태로 19층에 다시 올라갔다. 지금 당장이라도 둘 중 하나를 찍어 문을 부수고 들어가 이들을 혼내주고 싶었다. 하지만 나는 지성인이다. 그런 충동이 쉴 새 없이 들 때마다 '나는 지성인이다. 나는 교양인이다. 나는 인텔리다.'라고 주문을 외

우다시피 하여 분노를 통제하고 이성을 바로잡았다. 나는 그렇게 차로 돌아가 그녀가 밖으로 나올 때까지 뜬눈으로 지켜보는 수밖에 없었다.

아침 8시 30분이 되었다. 그녀가 후드 모자를 뒤집어쓰고 나왔다. 혼자 나온 줄 알았더니 그 남자가 따라 나왔다. 택시를 잡아주려고 하나 보다. 화가 내 얼굴을 붉게 물들였다. 내가 저 자리에 있어야 하는데. 저 더럽고 가증스러운 늑대 새끼한테 내 자리를 빼앗긴 게 억울하고 분했다. 저 파렴치한 강도 새끼.

그녀가 택시에 올랐다. 나는 차에 시동을 걸었다. 예열할 시간도 없이 액셀러레이터를 밟자마자 이내 급브레이크를 밟았다. 강도 새끼가 나를 향해 걸어온다. 그냥 이쪽으로 오는 걸 수도 있었지만, 정확히 내 눈을 쳐다보고 오는 발걸음에 나는 나아갈 수 없었다. 내 소중한 것을 빼앗은 도둑놈이 무표정한 얼굴로 창문을 두드렸다. 어라? 이 새끼가 지금 나랑 해보자는 건가? 나는 얼굴에 홍조를 띤 채, 창문을 내렸다.

"무슨 일이시죠?"

나는 화가 무척이나 난 상태였지만 정중한 말투를 건넸다. 역시 난 교양인이었다. 이런 상황에 침착할 수 있는 인간이 몇이나 되겠는가. 나의 고상하고 품격 있는 태도에 당황한 모습이 전해지는 것 같았다.

"안녕하세요, 사장님. 여기는 입주민 지정 주차장인데, 여기 세 곳 모두 제 자리예요. 제가 주차를 잘 못 해서 긁을까 봐 3자리 모두 이용하고 있으니 다음부터는 양해 부탁드려요."

"아, 네. 죄송합니다."

"아니에요."

내가 조금 예민했나 보다. 나는 다시 침착하게 액셀에 발을 가져다 대 차를 몰았다. 패배감이 몰려오는 만큼 속도를 더 냈다.

택시가 그녀를 내려준 곳은 그녀의 집이 아니라 어떤 건물이었다. 1층엔 약국, 2층엔 치과, 3층엔 정신과, 4층엔 독서실이 있는 건물이었다. 나는 길가에 차를 대충 세워놓고, 그녀가 건물 안으로 들어가기 전에 그녀를 불러 세웠다.

"오랜만이네요, 진짜. 잘 지냈겠죠? 전 아닌데."

그녀가 더러운 벌레, 벌레 중에서도 해충을 발견한 것 같은 표정으로 멈춰 서서 나를 쳐다보았다. 그녀는 나를 보자마자 "안 죽었네?"라고 말했다.

"따뜻한 인사는 아니네요. 전 괜찮으니까 용서해 줄게요."

나는 진심으로 그녀를 용서해주려 했지만 배은망덕한 그녀는 나를 향해 가운뎃손가락을 치켜들었다.

"용서를 빌지 않았는데 뭘 용서한다는 거야?"

내가 목폴라를 걷어 상처를 보여주는 거로 답을 대신하자, 그녀가 "징그러워. 기생충 같은 병신 새끼."라며 거칠게 욕을 내뱉었다.

"그럼 나 좀 용서해주세요. 내가 미안해요."

그녀는 입 모양으로 뭐라고 혼자 웅얼거리며 가방에서 조그마한 칼을 꺼내 들었다. 예상하건대, 아주 상스러운 욕을 하는 것 같았다. 칼을 본 순간 또다시 목이 아파졌다.

나는 그녀가 쥐고 있는 칼을 똑바로 응시하며 "욕은 하지 마세요. 그 격 없는 버릇 고쳐야 한다니까요?"라고 그녀를 다그쳤다.

"날이 환한 걸 감사히 여겨. 먹구름이라도 꼈으면 넌 진짜 죽었어. 내가 처음이라 잘 못 했는데 다음에 또 오면 진짜 죽여 버릴 거야."

나는 그녀의 폭력적이고 잔인한 성향을 고쳐주고 싶었다. 그녀를 위해서. 그녀가 더 나은 삶을 살 수 있게 하려고. 나도 내 잘못이 있다는 것쯤은 안다. 나도 이러는 게 마음이 불편하다. 그래서 나는 그녀에게 진심으로 사과해 바로 잡고 싶었다. 내 진심을 무시한다면 그건 그녀가 나쁜 거지.

내가 다시 그녀에게 진심을 건네려 할 때 그녀가 말했다.

"혹시라도 절대로, 평생 나한테 사과할 생각하지 마. 내가 받은 고통은 관심도, 기억도 못 하면서. 설사 그게 다 기억난다고 하더라도 절대 용서할 생각 없어. 그래도 넌 사과하겠지. 이기적인 새끼니까. 사이코패스 새끼."

역시 그녀는 내가 고쳐줘야 한다. 끝까지 자기 생각만 하고 함부로 말하는 그녀는, 나 같은 교양인을 만나 바뀌어야 한다. 나는 그녀를 선도하고 싶었다. 어떻게?

가정이나 학교에서 아이들이 잘못하면 적당한 체벌은

불가피하다고 생각한다. 말로 해서 안 듣는데 어쩌겠나? 때려서라도 아이가 나쁜 길로 가는 걸 막아야지. 그것이 참된 부모고 정의로운 선생이다. 물론 그전에 충분히 교양 있는 교육을 보여줘야겠지만.

  이제 더 이상 말로 하는 단계는 지났다. 난 평생 여자를 때리지 않을 줄 알았는데 어쩔 수 없다. 이것은 그녀를 위한 폭력이다. 정당한 폭력이다. 용서받을 수 있는 폭력이다. 정의의 폭력이다. 그녀는 나에게 감사해야 한다. 나는 그녀를 위해 내 품격을 저하하고 있다. 나라고 그녀를 때리고 싶겠는가? 하지만 내가 이러는 것은 다 그녀를 위해서다. 나는 도로에 세워져 있는 차로 가 조수석에서 효자손을 꺼냈다.

  그녀에게 가까이 다가갔다. 그녀와 가까워질수록 그녀의 아름다움에 눈이 멀 것 같았다. 아, 예쁘다. 너는 평생 나의 것이리라. 내가 너의 껍데기에 맞는 인격을, 위엄과 기품을 만들어주겠다. 너는 참 품위 있는 여자다.

다시 2년 후, 현재

"잠깐만요. 지금 여자 몸에 손을 댔다는 거예요?"

내 이야기를 들은 세은이의 표정이 완전히 바뀌었다. 나의 교육 방식을 이해하지 못하는 것인가? 그녀라면 내 교육관을 이해할 수 있을 줄 알았는데. 조금 실망했지만 괜찮았다. 그녀가 이해할 때까지 충분히 설명하면 되니까.

"폭력이 아니라 교육이죠. 그녀의 삶의 질을 몇 단계 더 높이기 위해서는 불가피한 선택이었죠. 저도 마음이 좋지만은 않았어요. 때리는 부모의 마음은 오죽할까요? 언제나 교육이 끝나면 안방에 들어가 문을 닫고 피눈물을 흘리는 게 부모죠."

"그게 무슨 소리예요? 부모가 아니잖아요. 대체 무슨 권리로…?"

"저는 그 당시, 그녀에게 있어서 부모보다 더 나은 존재였어요."

그녀가 나를 아직 이해할 수 없다는 표정으로 말한다.

"폭력은 절대로 정당화될 수 없어요."

"정당성이란 것은 필요에 따라 얼마든지 바뀔 수 있는 하급 개념이에요."

그녀가 여전히 같은 표정으로 내 눈을 피했다.

"세은 씨, 날 이해하지 못하는 거예요? 제가 전 여자 친구에게 얼마나 데었는 줄 아세요? 겪어보지 못한 자는 절대 이해할 수 없어요. 실제로 그 상황에 있었던 게 아니잖아요. 책 내용이 전부는 아니에요."

"아… 네."

세은이가 나와 더 이상 말하기 싫은지 나를 이해한 척했다. 이 역시 괜찮다. 그녀와의 시간은 아직 많이 남았으니까. 나는 우선 그녀의 기분을 풀어주기 위해 그녀를 껴안으러 다가갔다. 다행히 피하지 않았다. 그녀가 내 품에 안긴 채 말했다.

"조금 충격적인 건 사실이에요. 우리 드라이브 좀 할래요? 야경 보러 가요. 기분전환 좀 해야겠어요."

나는 세은이의 제안을 흔쾌히 수락했다. 내가 차 키를 챙기려 하자 세은이가 "차 가지고 왔어요. 제 차 타고 가요. 갔다 와서 내려주고 바로 집으로 갈게요."라고 말했다.

나는 알겠다며 겉옷을 챙겼다.

주차장으로 내려간 나는, 세은이의 경차를 찾아 두리번거렸지만 보이지 않았다. "차 어딨어요?"라고 하는 순간 세은이가 나를 보며 스마트키로 차 문을 열었다. 그러자 내 바로 앞에 있는 차가 깜빡거렸다. 처음 본 차량이었다. 레인지로버 이보크.

"이게 뭐예요? 차 바꿨어요? 돈이 어디서 나서…"

"네. 깜짝 놀라게 해주려고 했는데 타이밍이 영 아니네요. 어렸을 때부터 드림카라 조금 무리했어요."

나는 작지만 꽤 육중한 문을 열고 차에 탔다. 기분이 좋지는 않았다. '왜 나랑 상의하지 않고 멋대로 차를 바꾼 거지?' 하지만 티 내지 않았다. 지금은 세은이의 기분을 풀어줘야 하니까.

우리는 동네에서 유명한 야경 전망대를 향해 외곽도로를 달렸다. 세은이가 운전하다 대뜸 "뭐 좀 물어봐도 돼요?"라며 조심스럽게 말했다. 아마 아까 못다 한 이야기일 것이다. 내가 고개를 끄덕이자 그녀가 말했다.

"그렇게 사랑했던 여자 친구랑은 어떻게 끝난 거예요?"

"그녀가 저를 경찰에 신고했어요. 그녀는 데이트 폭력을 당했다고 주장하며 제가 보냈던 문자메시지 등을 증거자료로 제출했어요. 하지만 그녀는 칼을 들고 있었고, 저는 효자손을 들고 있었죠. 제가 '그녀'의 다리에 효자손을 휘두른 건 사실이지만, 그녀는 저를 칼로 찌르려고 했어요.

결국, 법은 저의 편을 들어주었고 저는 그녀를 또다시 용서했어요. 몇 번이고 용서할 수 있었죠. 목에 대한 상처에 대해서도 함구했고요. 그것이 진정한 사랑이라고 생각했으니까요. 하지만 배은망덕한 그녀는 결국 그 남자와 결혼했어요. 그때 그런 생각이 들었죠. '내가 뭐가 아쉬워서?'라는 생각. 내가 이렇게까지 헌신했는데 그녀는 날 버렸죠. 아마 지금도 후회하고 있을 거예요. 나를 떠난 것에 대해서. 별거 없는 엔딩이죠?"

꼬불거리는 길을 15분이나 올라 반짝거리는 야경이 보이는 전망대에 도착했다. 새벽 3시였지만, 그래도 유명한 곳이어서 차가 몇 대 주차되어있었다. 별도 예뻤다. 하늘과 전망은 반짝거렸지만, 땅은 어두컴컴했다. 가로등이 두어 개 있었지만 어둡다며 그녀가 주차하는 것을 봐달라고 했다. 나는 차도 없으니 대충 대라고 말했다. 하지만 그녀는 뒤늦게 다른 차가 올 수도 있으니 똑바로 주차해야 한다고 말했다. 듣고 보니 맞는 말이었다.

나는 차에서 내려 차 앞으로 가 양손으로 그녀에게 신호를 보냈다. 그녀가 내 양손의 움직임에 따라 차선을 맞춰 오른쪽 왼쪽으로 핸들을 돌리며 후진했고, 나는 앞으로 조금 나오라고 말했다. 그녀가 내 신호에 맞춰 액셀을 밟았다. 그녀의 자동차 라이트가 눈부시게 나를 비췄다. 그 빛을 견딜 수 없어 눈을 잠시 감으니, 아스팔트 갈리는 소리가 들려왔다. 청각에만 의존한 그 감각이 점점 더 가까워졌을 때, 내 몸이 공중에 붕 떴다. 그와 동시에 자동차 앞 범퍼가 찌그러지는 소리도 들렸다. 무엇이 먼저인지는 몰랐다. 그저 내가 그 상황에서 할 수 있는 말은 딱 한 글자의 간투사였다.

"어?"

바닥에서 몸이 뜨자마자 눈 깜짝할 새에 땅바닥에 떨어졌다. 그 시간이 1초 정도 된 것 같았다. 2m 정도 날았나? 하마터면 낭떠러지로 떨어질 뻔했다. 피가 나는 느낌이었

지만 몸이 움직이지 않아 확인하기 쉽지 않았다. 간신히 곁눈질로 확인하니 역시 그 느낌이 맞았다. 한 번 흘려봤기에 익숙했다.

온몸이 바스러지고 등과 목을 잇는 척추가 짓눌리는 기분이었다. 갑자기 중력의 힘이 100배는 증가한 것같이 내 몸을 누르고 그 상태로 멈췄다. 방에 사람을 가둬두고 시간 안에 탈출해야 살 수 있는 종류의 영화를 보면, 시간 안에 암호를 풀지 못한 인물이 서서히 좁아지는 방에 끼어 죽는다. 그런 느낌이었다. 고통스러웠다.

세은이가 차에서 내려 나에게 다가오며 가방에서 책 한 권을 꺼냈다. 뭐가 어떻게 된 거지… 액셀을 잘못 밟았나?

그녀가 바닥에 고꾸라져 있는 나에게 다가왔다.

그녀에게 운전을 그렇게 하면 어떡하냐고 말하려는 순간, 그녀가 들고 있던 책의 첫 페이지를 펼쳤다. 그러고는 핸드폰 플래시를 비춰 볼펜을 들고 첫 문장부터 밑줄을 긋기 시작했다.

"사실 전 이 책의 모든 문장을 좋아해요. 이 책을 사랑하거든요. 아, SALLY는 캐나다 유학생 시절 이름이에요. 이 책을 처음 읽고 얼마나 울었는지 몰라요. 저도 옛날에 데이트 폭력에 시달렸거든요. 이 책은 제가 보냈어요. 당신이 꼭 읽어야 할 내용이라서."

지금 내가 뭘 들은 거지? 상황 파악이 안 되는 상황에 정신이 멍해지고 설단 현상이 와 말을 더듬었다.

"뭐…? 너 뭐야? 누구야? 언제부터?"

아연한 상황에 그녀가 다시 입을 열었다.

"뭘 언제부터예요? 처음부터지. 그것보다 아직 말할 힘이 남았나 봐요? 더 세게 박았어야 했는데."

세은이가 그렇게 말하며 가방에서 칼을 꺼냈다. 때마침 눈꺼풀 위로 피가 흘러 앞이 번졌다. 칼을 들고 서 있는 그녀의 실루엣에 선홍색의 살갗이 부풀어 욱신거리기 시작했다.

나는 어디서부터 잘못된 건지 접점을 찾아내기 시작했다. 세은이와 처음 만났던 카페에서부터? 맨 처음 만났을 때가 6개월 전이었는데. 어쩌면 훨씬 더 전부터?

그것은 덫이었다. 6개월 전, 내가 그리던 이상형의 모습으로 밑바닥에서 허우적거리고 있는 나에게 손을 뻗었을 때, 이미 나는 그녀의 덫에 걸리고 말았다.

그녀가 들고 있던 칼날에 나의 분노와 두려움이 반사되었다.

"그래서 날 어쩌려고? 날 죽이라고 시킨 거야?"

"시켜요? 누가요? 작가님이요?" 그녀가 그렇게 말하며 메아리가 울릴 정도로 크게 비웃었다.

"웃기지 마세요. 작가님은 당신 생각 조금도 안 하고 있으니까." 그녀가 계속 웃으며 말을 이었다. "당신을 지켜보면서 가장 충격적이었던 게 뭔지 알아요? 당신은 정말 착하다는 거예요. 당신은 어떤 특정한 관계에서는 당신의 힘을 행사하지만, 그 외의 관계에서는 그냥 평범한 사람이었어요. 한마디로 사이코지만 다른 주변인들에게는 한없이 상냥하다는 말이죠. 처음엔 그런 모습에 속았어요. 과연 하정 작가님이 쓴 소설은 소설일 뿐이었던 건가? 그렇게 당신 옆에서 반년을 지켜보다가 당신을 더 잘 알기 위해 당신과 연애를 시작했죠. 그리고 깨달았어요. 당신은 진짜 사이코구나. 그리고 궁금한 한 가지. 본인도 그것을 알고 있을까?"

"무슨 소리야 그게? 난 '그녀'에게 최선을 다했어. 이 책에 나온 내용이 전부인 줄 알아? 넌 내 말은 들어보지도 못했잖아."

"어떤 상황에서는 굳이 들어보지 않아도 알 수 있어요. 성향이란 것은 숨긴다고 숨겨지는 게 아니에요. 잠시 참고 있을 뿐. 당신의 사이코 기질은 최고였어요. 당신은 언제나 선한 행동을 연기하며 살았으니까요."

"연기?"

"여기서 하나 물을게요. 당신은 사이코일까요? 아니면 그냥 자기 잘못을 모르는 멍청한 사람일까요?"

"개소리하지 마."

"정답은 둘 다예요. 당신은 작가님을 배려하고 생각해 주는 것처럼 보이지만 실제로는 본인만 생각하고 있어요. 그러한 행동에 작가님은, 처음엔 당신이 섬세하다며 만족할 수 있었지만 진짜 상대방을 배려하는 것이 아니기 때문에 괴로울 수밖에 없었어요."

"그래서 어쩌겠다는 거야? 네가 그녀랑 무슨 상관이 있는데?"

그녀가 계속 대답 없이 자기 질문만 했다.

"그냥 자살하면 안 돼요? 그게 가장 그럴듯한 결말 같은데. 여자 친구를 학대한 그가 죄책감에 자살한다. 맨 처음 [그의 덫]을 읽고 가장 먼저 든 생각은, 그래서 어쨌다는 거지? 죽은 거야, 산 거야? 뭐가 어떻게 된 거야? 저는 당신의 뒷이야기가 너무 궁금했어요."

"그래서 이제 어떻게 됐는지 봤잖아. 이렇게까지 하는 이유가 뭐야?"

"말 끊지 말고 끝까지 들어요. 그게 당신 입에서 나올 말은 아니잖아요. 저는 '하정' 작가님을 반드시 만나야 했어요. 당신처럼 나에게 폭력을 행사했던 '나의 그'에게 복수하기 위해서. 책을 읽고 출판사에 찾아가 3개월을 수소문 끝에 간신히 작가님을 찾아냈어요. 작가님께 저의 삶을 이야기했고, 작가님은 묵묵히 들어주었죠. 그리고 작가님께 졸랐어요. 뒷이야기를 알려달라고. 작가님은 그 후에 당신이 찾아온 이야기를 들려주었지만, 작가님과 당신의 이야기는 당신의 목이 베이는 것으로 끝이 났죠. 열린 결말이었지만 작가님은 2부를 내고 싶어 하지 않았고 결국 이렇게 직접 찾아왔어요. 이 이야기의 끝을 내가 마무리하려고."

"사이코는 내가 아니라 너 같은데?"

침착하게 이야기하던 그녀가 소리 지르기 시작했다.

"작가님은 널 죽이지 않았어. 작가님은 널 피하려고 여러 가지 방법을 택했지만, 극단적인 선택은 하지 않았어. 그녀는 너에게 벗어날, 그리고 트라우마에서 벗어날 방법으로 글쓰기를 택한 거야. 이 책은 아직 미완성이야. 이 책이 완성되려면 당신이 죽는 것뿐이야. 그러니까 받아들여. 작가님은 당신에게 완전히 벗어났다고 생각할지 몰라도 트라우마는 분명히 남아 있어. 눈에는 눈, 이에는 이? 아니, 눈에는 피눈물로, 이에는 날카로운 송곳니로 물어뜯을 거야. 그러니까 받아들여. 작가님이 당신이 놓은 덫에서 완전히 빠져나오기 위해. 자살하지 않겠다면 내가 널 죽이고 2부를 책으로 엮을 거야. 이왕이면 웃으면서 자살해줘. 사이코답게."

그녀의 마지막 말처럼 나도 모르게 정말로 웃음이 났다. 내가 왜 웃고 있지? 웃긴 상황인가? 그녀의 말이 전부 맞는 말이라고 생각해서 웃는 것은 아닐 것이다. 그렇다면 왜 웃고 있는 걸까?

그녀가 내 웃는 얼굴에 보란 듯이 침을 뱉었다. 언젠가 사장님이 얘기한 말이 떠올랐다.

[그들이 나를 미워하여 멀리하고 서슴지 않고 내 얼굴에 침을 뱉는도다.]

나는 교양인으로서 나의 명예가 실추되는 끔찍한 상황에 처했다. 119고 뭐고 누구든 내 얼굴을 가려주길 기도했다. 내가 욥처럼 신과 악마의 시험에 빠진 것인가? 그 많고 많은 사람 중에 하필이면 내가, 내기 거리의 주인공이 된 것인가?

갑자기 문득 '굳이 성경에 왜 욥 이야기를 넣었을까?' 하는 생각이 들었다. 믿음과 신앙에 대한 반발심이 생길 확률이 더 커질 텐데. 왜냐하면, 대부분의 사람은 난이도 있는 시험을 통과 아니, 견디기조차 힘들 테니까. 아니면, 우리가 알 수 없는 신이 정한 기준에 선이 따로 있는 것일까? 그렇다면 우리에게 왜 알려주지 않는 것인가?

어렸을 때, 친구를 따라갔던 교회에 목사님이 "신이시

여. 대체 왜 그러셨나요?"라는 질문은 하지 말라고 했다. 전지전능한 신의 이유를 우리가 알 필요는 없으니까. 분명 신의 뜻이 있을 테니까. 그래, 그 이유가 뭐든 살아있을 땐 알기 힘들겠지. 그래서 나는 신을 믿기가 힘들었다.

나는 몇 모르는 성경 인물 중에 도마가 가장 좋았다. 그는 경험을 통해, 신의 부활을 두 눈으로 확인해 확실한 믿음을 얻었으니까. [네 손가락을 이리 내밀어 내 손을 보고 네 손을 내밀어 내 옆구리에 넣어 보라. 그리하여 믿음 없는 자가 되지 말고 믿는 자가 돼라.] 나는 불확실한 건 싫다. 나도 도마처럼 믿는 자가 되고 싶었다. 보다 확실히 믿을 수 있는 자. 신께서도 그걸 허락하셨다. 미천한 저에게 초월적인 신의 영역을 보여주소서. 보지 못하고 믿는 자들은 복되도다 하셨습니다. 하지만 보고 믿어도 복 주심을 믿습니다. 도마처럼.

그래서 나는 계속 질문할 것이다. 신이시여, 대체 나에게 왜 이런 고난을 주시나요? 왜 그녀를 만나러 가는 길을 가시밭길로 만드시나요? 저는 고난 없이 잘 살고 싶습니다. 세상엔 고난 없이도 잘 사는 자가 많지 않나요? 이 질문에 내 머리로는 세상엔 고난을 견디고 잘 사는 자도 많다는 답뿐이었다. 결국, 어떤 상황이든 존재할 수 있다는 것.

그런데도 신을 믿는다는 것에는 무조건적인 믿음이 필요했다. 신에 대한 절대적인 믿음. 그리고 나는 결론에 다다랐다. 신과 악마의 내기에서 사실 신은 전지전능한 능력으로 우리의 체스 말을 다 파악했을 것이다. 신은 이길 싸움을 했을 것이다.

신은 욥이 감당할 수 있는 능력을 알고 있기 때문에 체스의 말로 기꺼이 내놓은 것이지, 그렇지 않았다면 내기 하지 않았을 것이다. 하지만 그렇지 않는다는 상황은 애초에 전제하지 않는다. 신은 전지전능하기 때문에 사탄이 욥을 선택했으리라는 것조차도 신의 설계니까. 사실 신과 악마는 이름만 들어도 밸런스 차이가 크지 않은가? 악마도 신이 만들었는걸.

깜빵 10년에 500억을 준다면, 적지 않은 사람들이 깜빵 10년을 택할 것이다. 욥이 불쌍하지만 내가 믿는 신이 정말 계신다면, 욥은 천국에서 최고의 행복을 누리고 있겠지. 나도 받아들이기로 했다. 이제 그녀를 놓아준다. 이 뒤에 따르는 무한한 행복을 꿈꾸며. 500억을 통장에 입금해 줄 신이 반드시 존재함을 믿으며.

 어서 나를 찔러다오. 고통으로 나를 구원해다오. 피로 나를 용서해다오.

 매끄럽지 못한 아스팔트에 쓰러진 채, 눈이 감기고 입이 다물어졌다. 하지만 웃음만은 멈추지 않았다. 그녀가 두 손으로 칼을 꼭 쥔 채, 말했다.

 "신은 분명히 너 같은 새끼도 사랑하셔. 하지만 너는 신을 사랑하려고 하지 않아. 사용하려고만 하지."

 끝으로 고요함 속에서 그녀의 발소리만이 점점 커졌다. 이내 자동차 시동음이 고요함을 덮었다.

[작가의 말

 그와 그녀의 이야기는 여기서 끝이 났다. 이후의 이야기는 더 이상 없으니까. 나는 경험을 바탕으로 교도소에서 이 글을 완성했다. 반드시 이것이 책으로 출간돼서 많은 사람에게 본보기가 되었으면 좋겠다.
 감옥에서 남은 기간을 채우고 세상에 나간다면, 나 강세은은 우리나라 최고의 작가가 되어 있을 것이다. 그리고 다시 시작할 것이다. 아직 남아 있는 복수가 있으니까. 나는 그에게 이 책을 보낼 것이다. 아니, 그에게 덫을 놓을 것이다.]

그들의 덫

신은 고개를 끄덕이거나 알았다는 제스처를 취하지 않는다.
그저 신성하게 존재한다.
우리는 그 존재만으로 승낙의 의미를 알아차린 후,
어떠한 표정을 지어야 한다.
내 얼굴엔 기쁜 미소가 드리웠다.

추가

붉은 불이 일렁이며 사방으로 퍼지고 하늘 위로 솟구친다.
그 주위를 둘러싼 검은 재가 아이처럼 울부짖는다.
오, 나의 아가야. 부디 그곳에선 안녕하기를.

언젠가 내가 방 안에 감금당해 있을 때, 말라비틀어가는 장미를 보았다. 그 방에 거울은 없었지만, 장미를 통해 내 모습을 확인할 수 있었다. 그때는 그게 감금인지도 모른 채, 하루 종일 장미를 들여다보았다.

 아침이 되면, 그는 나에게 물 한 컵과 허기를 채울 수 있는 빵을 주었다. 밤새 목이 말라 물부터 한 모금 마신 후, 조금씩 빵을 뜯어 먹었다. 딱히 배가 고프진 않았지만, 입이 심심해서.

 점심이 되면, 그가 어젯밤부터 오늘 아침까지 있었던 일을 나에게 이야기해 주었고 나의 하루를 물었다. 나는 하루 종일 장미를 보고 있었다고 말했다.

저녁이 되면, 그는 다시 나에게 물 한 컵과 영양소가 고루 함유된 요리를 준비해 주었다. 나는 말라비틀어가는 장미에게 물 한 컵을 전부 주었다.

"시들지 마라, 장미야. 너처럼 예쁜 꽃이 세상에 어디 있다고. 네가 바싹 말라비틀어져 드라이플라워가 되는 날, 나도 그의 전시 꽃이 되겠지."

나는 이 장미가 뿌리 없는 절화 장미인걸 알면서도 기꺼이 물을 내주었다. 내 몸도 말라가지만, 내일 아침이 되면 그가 다시 물을 줄 테니.

수백 통의 편지가 교도소에 있는 한 수감자에게 전해졌다. 그중에서는 같은 범죄자들도 있었고 일반 독자들도 있었다.

[작가님 덕분에 많은 힘을 얻었어요. 저도 이곳에서 제 꿈을 꼭 이룰 거예요.], [남은 수감 기간 몸조리 잘하고 출소하세요.], [작가님의 이야기로 제 아픔을 위로받았어요. 이제는 스스로 치료할게요. 항상 응원합니다.] 등의 범죄자를

옹호하는 내용이었다.

청와대에는 데이트 폭력 피해자들의 영웅 '강세은' 작가의 조기 출소를 요청하는 국민 청원이 등장하였고, 이미 20만 명 이상이 이 청원에 동의하였다.

교도소 수감 중 6편의 단편소설을 집필한 비운의 작가 강세은. 그중에서도 강세은 작가를 감옥으로 보낸 일화를 소설로 재구성한 '덫' 시리즈의 2부인 [그녀의 덫]은, 전작인 [그의 덫]과 합쳐져 단행본으로 출간되었다. 시리즈의 작가는 다르지만, 전 작 [그의 덫]까지 흥행시킨 '강세은' 작가는 가명이 아닌 실명으로 자신의 이야기를 집필했다고 면회 인터뷰를 통해 밝혀 더 큰 충격을 안겨주었다. 소설의 내용이 어디까지가 진실이고 어디까지가 거짓인지는 작가 본인만 알고 있지만, 전부 진실일 거라 믿고 있는 독자들이 상당수다.

1부 데이트 폭력을 당하는 피해자의 시선을, 2부에서 폭력을 행사하는 가해자의 시선으로 전환해 독특한 발상으로 풀어나간 이 소설은, 책이 출간된 지 얼마 지나지 않아 큰 이슈가 되었다. 조금 특별한 정도의 이야기일 수도 있지만, 이 책이 큰 이목을 끈 진짜 이유는 작가가 실제로 모든 것을 자수하고 감옥에 갔다는 것이었다. 작가의 책을 팔 수 있는 스토리, 즉 마케팅 거리가 충분했다는 소리다.

비록 여러 가지 이유에서 권위 있는 문학상들은 받지 못했지만, 이미 그녀의 판권이 그녀의 가치를 증명했다. 초판 인쇄 2,000부를 시작으로 4달 만에 187쇄를 마치고 당당히 베스트셀러 작가 반열에 이름을 올렸다. 범죄자라는 타이틀이 붙은 채로. 그래도 그 불명예스러운 타이틀이 자랑스럽기라도 한 듯, 지금도 여전히 전국 대형서점 베스트셀러 가판대는 '강세은' 작가의 자리였다.

그녀의 책이 출간된 지 몇 달이 지나고 인터넷 배송 주문이 다시 한번 폭주했다. 하지만 주문하는 사람 주소와 배송받는 사람의 주소가 90% 이상 일치하지 않았다. 대부분이 선물용이었다는 것이다.

마지막 작가가 남긴 말 때문인지, 데이트 폭력을 당한 사람들이 자신이 당한 부당한 일들의 복수로 전 남자 친구 혹은 전 여자 친구에게 책을 배송했다. 이것은 일종의 챌린지 운동처럼 유행이 되어 번져나갔다.

반면, 한 여성이 연락 없이 친구들과 늦게까지 술을 마셔 남자 친구가 화를 냈다는 이유로 목을 찔러 죽였다는 소식이 전해졌다. 그 여성의 집에는 다름 아닌 '강세은' 작가의 책이 발견되어 이 책을 금서로 지정해야 한다는 이야기도 나오지만, 강 작가는 "선택에 대한 책임을 통감합니다. 하지만 극단적인 선택에 대한 판단은 제가 하고자 하는 메시지를 잘못 이해한 것입니다."라며 입장을 확실하게 밝혔다.

1년 후

세상에 몇몇은 감옥의 무서움을 모른다. 가보지 않았으니 공포라는 감정의 감도가 둔감해진 것이다.

안에서의 공포는 안에 있는 우리들만이 알 수 있다. 밖에서 보면 철창을 사이에 두고 단순히 안과 밖뿐일 수 있겠지만, 안에서 보면 그 쇠 철창 하나로 안이라는 우리들의 울타리가 되는 것이다. 밖으로 절대 못 넘어가게.

감옥을 누가 만들었다고 생각하는가? 경찰? 판사? 대통령? 그래 뭐, 경찰이든 대통령이든 누가 됐든 간에 감옥은 신이 만든 것이 아니다. 우리와 똑같은 인간이 만들었지. 그곳은 자유와 방종을 구분 못하는 사람들을 분리시키는 곳이다. 그런 다음 내가 있는 이곳은 밖이지만 네가 있는 그곳은 안이라고 구분한다. 흑과 백, 안과 밖, 악과 선. 그런 것들을 같은 사람들끼리 구분한다. 우리와 똑같은 사람들이 똑같은 사람들을 구분한다.

안이 흑일까? 밖이 선이 맞을까? 백이면서 악할 수는 없을까? 웬만하면 제대로 구분하겠지만 혹여나 아니라면? 그 판단의 근거가 되는 기준 자체도 같은 인간이 정하는데 당신은 확신할 수 있는가? 물론 사람 같지 않은 사람들에겐 딱인 곳이다. 그러니까 절대 죄지으면 안 된다.

하지만 세상에는 정말 애매한 죄들이 존재한다. 이를테면 복수라는 유형의 죄들이 그렇다. 되갚아주지 않으면 가해자들은 자신의 행동이 악이라는 것을 인지조차 하지 못하는 경우가 있다. 그렇다고 법이 제대로 심판하는가? 그 심판의 정도와 범위 또한 같은 인간이 정한 기준에 따른다. 피해자가 원하는 만큼의 형량을 부여하지 않는다는 것이다.

그렇다면 피해자는 계속 피해를 보아야 하는가? 대체 그것이 죄인지 아닌지를 누가 판단하는가? 지들이 신도 아니면서.

사회의 혼돈을 막기 위해 필요한 법. 그 법 때문에 개인은 혼란스럽다. 사회와 개인, 이들은 모순적이면서도 공존한다. 그렇기에 혼돈과 갈등은 절대 사라질 수 없는 개념이다. 악은 절대 없어질 수가 없다.

누군가는 이렇게 말한다.

"나는 겁이 많아서 나쁜 짓은 못해요."

무섭게 해서 된다면 세상에 악이 어디 있겠나? 뱀의 머리를 잘랐어도 이브는 선악과를 먹었겠지.

교도소 안에서의 시간은 밖에 있을 때보다도 훨씬 더 빠르게 지나갔다. 그만큼 내가 시간을 아까워하며 사용했다는 거겠지. 나는 여러 가지 이유로 조기 출소했다. 출소일이 다가오기 훨씬 전부터 여러 출판사는, 아직 미발표

된 원고에 최고의 조건을 내걸었다. 나는 데이트 폭력 피해자들의 영웅이 되었고 사람들은 내 SNS 계정을 팔로우했다. 그리고 나는 여러 강연회에 초청을 거절하고, 지금 그가 있는 시골로 내려가고 있다.

내가 지금보다 훨씬 더 어렸을 때, 데이트 폭력을 다룬 기사들이 많았다. 나는 데이트 폭력을 당하는 사람들을 이해할 수 없었다. 그러면서 내가 당하고 있는 것이 데이트 폭력인지도 몰랐다. 그가 나에게 하는 행동은, 저기서 멋대로 떠드는 기사들과는 확연히 다른 실수일 뿐이라고 생각했다. 사람과 상황에 따라서 '폭력'이라는 정의는 다르게 적용되는 것이라고 생각했다. 그래서 몰랐다.

언젠가 내가 아주 어렸을 때, 인간관계에서 이상한 행동을 하는 사람들을 보았다. 예를 들면 '저 사람은 왜 이렇게 눈치를 안 보며 살지?' 같은 것들. 그 사람을 계속 보고 있자니, 어쩌면 모두가 속으로만 생각하는 순수한 관점일지도 모른다는 생각이 들었다.

그보다 조금 덜 어렸을 때는, 또래보다야 조금 더 성숙했었던 것 같다. 그 눈치 없는 사람이 나를 볼 때 '이 사람은 왜 이렇게 눈치를 보며 살지?'라고 생각할 수도 있겠다는 것을 깨달았으니까.

사실은 내가 이상한 게 아닐까 뒤집어 생각하면 그냥 서로가 상이한 것이라고 판단했다. 사실 우리는 모두 낙서하는 몽상가일 뿐이라고.

그때의 그 어린 시절 기억이 잔상에 남았나 보다. 절대 일어날 수 없지만, 혹시 몰라 있을 수도 있는 일들이 일어나면, 나는 그들을 보고 자주 생각한다. '어떻게 저런 사람이 세상에 존재하지?' 사실은 남도 나를 보고 자주 생각하는 말일 텐데.

상상도 못 할 다양한 사람들이 사는 세상의 틈에서 사람들은 "틀린 게 아니라 다른 거다."라고 말한다. 그러면 나는 "아니, 다른 게 아니라 틀린 거야."라고 말한다. 우리가 대체 이 모호한 경계선을 어디까지 이해해야 하는지 아무것도 설명되지 않았다. 각자의 철학에 따라 다르게 나타나는 정의는 나를 헷갈리게 했다. 그들 역시 모두 낙서하는 몽상가일까?

오랜 세월 끝에 내가 내린 결론은, 역시나 "그 사람은 다른 게 아니라 틀린 거야."였다.

　나는 나를 3년 동안 구속하고 폭력을 행사한 그 개새끼를 쳐 죽이러 갈 것이다. 내 아이를 학대하고 굶겨 죽이고도 멀쩡하게 잘 살고 있는 그 새끼의 피를 말려버릴 것이다. 그 끝에 내 피도 전부 말라비틀어질 것이다.

11년 전

　그는 운전을 잘하는 사람이었다. 운전대를 잡은 그의 팔뚝, 그 위로 올라온 선명한 핏줄, 운전에 집중하다가도 빨간불이 되면 나를 한 번씩 쳐다보는 선한 미소. 그 모습을 보고 있으면 이 사람이 나를, 아니 내가 이 사람을 정말로 사랑하고 있다는 것을 알 수 있었다. 심장이 뛰면서 어딘가 짜릿하다 못해 황홀한 느낌까지 들었다. 등과 이마에 열이 올라 에어컨을 틀지 않으면 땀이 흐를 것 같았다. 계속 그를 보고 싶었다. 나는 그의 외모가 좋았다.

　그는 음악을 틀어주는 사람이었다. 첫 만남 때, 내가 어떤 음악을 좋아하는지 몰라 나의 카카오톡 프로필을 보고 내가 설정해 놓은 8개의 프로필 뮤직을 멜론에 담아주는 사람이었다. 그 모습에 내가 설레어하자 나에게 핸드폰을 건네며 좋아하는 노래를 담으라고 말해주었다. 나는 그의 센스가 좋았다.

그는 꽃을 주는 사람이었다. 첫 만남부터 지금까지 특별한 일이 없으면, 늘 내게 빨간 장미 한 송이를 건네는 사람이었다. 언젠가 그에게 더 이상 꽃을 주지 않아도 된다고 말했다. 그러자 그는 내가 붉은 색감이 질려서 그렇게 말한 것이라 생각했는지, 다른 색의 장미를 선물했다. 나는 그의 마음이 좋았다.

그는 꿈을 이야기하는 사람이었다. 그는 부당한 일을 당하지 않으려고 변호사가 되었는데 이 안에서 부당한 일을 당한다고 했다. 그는 자기 능력으로 세상을 바꾸겠다고 항상 말했다. 나는 그의 정의가 좋았다.

내가 그에게 빠져든 지 두 달이 지났다. 그가 맨 처음 나에게 손을 댄 것은 정말 실수였다. 나는 깜깜한 거리에 서

있는 그에게 몰래 다가가 그를 놀라게 했고, 그는 반사적으로 나를 밀어냈다. 내가 넘어지자 그제야 내가 누군지 확인한 후, 곧바로 나를 일으키며 사과했다. 나는 미안해하는 그를 괜찮다고 안심시키며 앞으로 조심해야겠다고 생각했다.

그가 두 번째로 나에게 손을 댄 것도 실수였다. 술에 취해 길거리에 쓰러진 그를 온몸으로 부축했지만, 그는 무의식적으로 나에게 팔을 휘둘렀다. 나는 그의 팔에 몸 곳곳에 멍이 들었지만, 굳이 말하지 않았다. 다음날 아무것도 기억 못 한 채 얼굴이 왜 그러냐고 걱정해주는 그를 여전히 좋아했으니까. 그저 술을 조금 줄이는 게 어떤가 제안했을 뿐이었다.

그가 세 번째로 나에게 손을 댄 것 역시 실수였다. 장난을 치던 중이었다. 내가 장난으로 먼저 그의 팔을 때렸다. 그도 장난으로 나의 팔을 때렸다. 조금 아팠지만 내가 먼저 한 장난이었기 때문에 이해했다. 이해고 자시고 그것은 장난이었을 뿐이었다.

그가 네 번째로 나에게 손을 댄 것도 따지고 보면 실수였던 것 같다.

  그때 나는 카페에 있었다. 그의 집 앞에 있는 새로 생긴 3층짜리 카페였다. 벌써 한 달째 이곳에 오는 이유는, 요즘 들어 그가 약속 시간에 계속 늦기 때문이었다. 별수 없이 나는 카페에서 유학 생활을 위한 영어 공부를 하며 그를 기다렸다.

  편한 의자에 앉아 개성 있는 사람들을 관찰하는 것 또한 지루하지 않았다. 거기에 적당한 소리로 들려오는 클래식 음악까지. 사장님께 말하면 힙합이나 발라드도 틀어준다.

  1층에는 은색 라마르조꼬 커피 머신과 하이엔드 그라인더 분쇄기가 인테리어로 공간을 차지했다. 푹신한 소파형 의자에 널찍한 테이블 6개 중 1개가 내가 마음에 들어하는 자리였다. 단풍나무로 만들어진 계단을 밟고 2층으로 올라가면 신나게 수다를 떠는 동네 사모님들을 볼 수 있었다. 3층은 학생들이 공부할 수 있는 스터디 카페였기 때문에 노트북 타자 소리로 소음을 내는 나는 올라갈 수 없었다. 스터디 카페라고 쓰여있는 것은 아니었지만, 이 카페의 암묵적 약속이었다. 지금처럼 자리가 많으면 상관없지만, 자리가 없을 땐 조금 억울하기도 했다.

빈티지하지만 세련된 감성이 조화를 이루는 이 커피숍은 돈 좀 있는 부모님이 공무원 시험에 떨어진 20대 후반 아들에게 선물해준 카페였다.

평범한 외모지만 할리우드 배우처럼 기른 턱수염과 탄탄한 근육은 그를 멋을 아는 사장님으로 만들어 주었다. 사장님이 매일 아침 9시에 빗자루를 들고 카페 앞에 쌓인 눈을 치우고 있으면 지나가는 사람들이 한 번쯤 쳐다보고 갔다. 한 시간 정도 지나면 금발 머리의 키가 큰 아르바이트생이 머리가 헝클어진 채, 카페 안으로 뛰어 들어온다. 그러면 사장님이 "일찍 왔네, 윤아?"라고 말하는 동시에 겉옷을 챙겨 남색 레인지로버를 타고 어디론가 가버린다. 그래도 이 사장님은 큐그레이더 경력이 2년이나 되는 훌륭한 바리스타였다. 이곳 아르바이트생도 친절했다. 한 달째 카페에 오니 이제 자연스럽게 인사하는 사이가 되었다. 오늘은 윤이가 사장님 몰래 서비스로 기름에 볶은 호두 파이를 디저트로 만들어 주었다.

그를 만나기로 약속한 시간에서 1시간이 더 지나자, 지금 출발했다는 연락이 왔다. 호두 파이가 반쯤 남아 있었지만, 남기면 준 사람의 기분이 상할까 봐 한입에 털어 넣었다. 최대한 깔끔하게 컵과 그릇을 정리한 후 카운터로 가져다주었다.

"파이 잘 먹었어요. 감사합니다."

이어폰을 낀 채, 설거지하는 윤이의 뒤통수에 인사하고 카페를 빠져나왔다.

12시 30분, 태양이 머리 꼭대기에 있었다. 분명 추운 날씨지만 땀이 조금 났다. 눈이 녹아 더러워진 거리는 내 새하얀 신발을 더럽혔다. 하얀 신발에 하얀 눈이 묻었는데 왜 더러워지는 건지. 신발에 묻은 눈을 털기 위해 바닥을 세게 밟으며 주차장으로 향했다.

내 차 앞에 카니발 한 대가 길을 막고 있었다. 앞 유리에 적혀있는 번호로 전화하니 30대 중후반 정도 돼 보이는 목소리의 여성이 전화를 받았다.

"차 좀 빼주시겠요?"라고 공손하게 말했지만, 전혀 모르는 눈치였다. 나는 내가 잘못 걸은 줄 알고 "제가 잘못

걸은 거 같아요. 죄송합니다."라고 말하며 전화를 끊으려 했다. 그때 무언가 의심하는 듯한 말투가 수화기 너머로 다급하게 돌아왔다.

"잠시만요. 혹시 차 번호가 뭐예요?"

나는 차 번호를 확인하며 "2790이요."라고 말했다. 그녀의 의심의 말투가 확신의 분노로 바뀌었다.

"제 차 맞는데⋯ 카니발 맞죠? 거기가 어디시라고요?"

조금 흥분한 어조로 질문하는 그녀의 목소리에 속으로 유추했다. '아들이 몰래 엄마 차를 끌고 나왔나?' 그도 그럴 것이 나도 예전에 그런 적이 있었기 때문이다. 나는 카페 이름을 주소와 함께 알려주었다. 그랬더니 다시 돌아오는 말은 "남편이 지금 일할 시간인데 차가 왜 거기 있을까요?"였다.

되레 나에게 질문하는 아주머니는 무언가 알고 있는 듯했다. 왼쪽부터 카페 주변을 살펴보았다. 자전거 가게, 동대문 엽기 떡볶이, 작은 오피스텔과 가락국숫집. 그리고 카페 오른쪽으로 줄지어있는 모텔촌들을.

그녀는 남편에게 얼른 전화해서 빼주겠다고 말한 뒤,

전화를 끊었다. 나는 상황이 궁금해 차에 타지 않고 주위를 서성거렸다. 3분 정도 기다리니 설마 했던 상황이 딱 맞아떨어졌다. 오른쪽에 있던 모텔에서 민망한 표정을 지은 남자가 뛰어나왔다. 작은 모텔이라 주차공간이 부족했는지 잠시 차를 댄 듯했다. 아니면 모텔 직원이 발레파킹 해준 것이든가.

아저씨치고는 꽤 잘생긴, 자동차 정비공 차림을 한 남자가 내 차 번호와 나를 위아래로 훑어보며 차에 탔다. 그 모습에 움찔하며 나도 황급히 차에 탔다.

핸드폰 블루투스가 차량에 자동으로 연결되고 음악이 나왔다. 음악의 전주가 끝날 때 즈음, 모르는 번호로 전화가 왔다. 아까 그 여자였다. 그녀는 나에게 남편이 어디서 나왔냐고 물었다. 나는 모텔에서 나왔다고 말을 해주려다가, 나를 훑고 간 눈동자가 기억에 남아 괜히 찝찝해 머뭇거렸다.

"잘 모르겠는데요… 근처에 있다가 온 거 같아요."

"거리뷰로 옆에 모텔 있는 거 다 확인했어요. 솔직하게 말해주세요."

단 한 번의 의구심으로 이렇게까지 한다는 것은 불가능했다. 아마 남편의 외도는 한두 번 있었던 일이 아닌 것 같았다. 그녀의 핸드폰에서 녹음 버튼이 눌리는 소리가 들렸다.

나는 고민했다. 그 소리가 내 생각에 틈을 파고들었다.

나에게 그 가정을 망칠 권리가 있는 것인가? 그렇다고 거짓말을 해도 되는가? 그녀를 돕지 않기로 생각을 굳혔을 때, 그녀가 다시 말했다.

"한두 번이 아니에요. 집에 6살짜리 딸아이가 있어요. 애 아빠는 아이한테 관심도 없고 저 혼자 키워나가려면 위자료라도 많이 받아야 해요. 제발 도와주세요."

나는 아이가 있다는 말에 블랙박스가 잘 돌아가고 있는지 확인했다.

"블랙박스에 찍혔을 거예요. 필요하시면 메일로 보내드릴게요."

찝찝했지만 진실을 이야기했다는 생각에 기분이 좋아졌다.

나는 곧바로 그를 만나 방금 있었던 일을 이야기했다.

이야기를 다 들은 그가 갑자기 화내기 시작했다.

"세은아, 네가 뭔데 그런 걸 신경 써? 그 아저씨가 바람 피운 거라고 어떻게 확신하는데? 다른 일로 간 걸 수도 있잖아."

"어? 나는 그냥 계속 물어보길래… 그리고 그 여자도 이미 알고 있었는걸. 한두 번 있었던 일이 아니었나 봐."

"만약 정말로 그랬다 하더라도 네가 뭔데? 오지랖이야."

나는 그의 따가운 말투에 기분이 상했다.

"나는 그냥 있는 그대로 대답한 것뿐이야. 왜 나한테 화를 내?"

"블랙박스까지 보낸다고 했다며. 그 아저씨가 널 어떻게 생각하겠어? 그리고 화는 너도 내고 있잖아."

생판 모르는 남의 일로 우리의 싸움이 시작되었다. 그와 사귀고 몇 번 다툼이 있었지만, 이 정도로 기분이 상했던 적은 없었다. 마치 그가 아저씨 본인이라도 된 것 같았다. 그는 화를 낼수록 더해지는 화에 질문 아닌 질책을 쏟아냈다.

"왜 이렇게 화를 내는 거야? 오빠가 그 아저씨라도 돼? 오빠 바람피웠어?"

- 짝

짝 소리와 함께 모든 게 조용해졌다. 처음엔 너무 당황해 박수 소리인 줄 알았다. 내 볼이 얼얼해지고 따끔거리는 순간 내가 뺨을 맞았다는 걸 알게 되었다. 관자놀이에 나도 모르게 힘이 들어가 얼굴이 빨개졌다. 너무 힘을 준 탓인지 두피에 땀구멍이 열려 간지러웠다. 거칠고 상스러운 욕을 입안에서만 내뱉었다. 혹여 실수라도 밖으로 튀어나오지 않게 부단히 노력했다. 그 욕은 나 혼자만 들을 수 있는 욕이었다. 아파서라기보다 당황해서 눈물이 흘렀다.

그가 그런 내 모습을 보고 한숨을 깊게 내쉬며 손을 벌벌 떨었다. "미안해. 네가 해코지당할까 봐 걱정돼서 그랬어. 그 아저씨가 차랑 얼굴 보고 갔다면서. 미안해."

나는 아무 말도 하지 않았다. 그가 다시 말했다.

"미안해. 괜찮아?"

"어."

"목소리가 왜 그래. 진짜 미안해. 네가 나를 그 아저씨랑

비교해서 순간 흥분했나 봐. 네 걱정도 되고. 정말 미안해. 실수였어."

그의 목소리를 들으면 들을수록 눈물이 났다. 순간 너무 화가 나 차에서 내려 땅을 발로 마구 밟았다. 아무리 밟아봐야 아픈 건 내 발인데, 내 몸을 혹사했다. 몸이 진정되지 않아 자동차를 부수고 싶었지만 참았다. 딱 그 정도의 분노였다. 자동차보다 값진 내 몸뚱어리밖에 혹사하지 못하는 분노였다.

나는 그렇게 내 몸에 열을 내고, 나에게 욕을 하고, 나를 아프게 했다.

분노란 그랬다. 나의 분노는 왜인지 그가 아닌 나에게 향했다. 그 사실을 깨닫는 순간 '화'라는 것에 의심이 들었다. 나는 왜 그에게 화내지 못하지? 그 의심은 나를 약하게 만들었다. 그때 그가 싸우느라 주지 못했던 하얀 장미 한 송이를 말없이 건넸다.

그로부터 며칠 동안 그는 나를 여왕님처럼 모셨다. 그의 헌신적인 모습에 진짜로 세계에 몇 없는 여왕이 된 것 같았다. 나는 그가 매일 갖다 바치는 꽃을 보며 '나도 말이

심했었지.'라고 생각했다.

 며칠 동안 비가 내리다 그쳤다. 비 온 뒤에 땅이 굳어진다더니, 흙탕물이 우묵히 고인 물웅덩이 위를 자동차가 지났다. 내가 하필 그 옆을 걷고 있을 때.

 하필 또 하얀 옷을 입었었지. 20인치 타이어 휠은 내 옷을 새하얀 도화지라고 착각이라도 한 듯, 흙색 물감을 뿌렸다. 그 비는 누군가에겐 이슬비였겠지만, 나에겐 산성비보다도 못했다. 저것들의 예술작품이 되고 싶지는 않았지만, 나는 무기력했다.

 3개월 후, 흙탕물에 얼룩진 새하얀 옷처럼 그의 다섯 번째 실수가 시작되었다.

 여섯 번째, 일곱 번째, 여덟 번째, 아홉 번째 실수가 이어지고 나서야 나는 깨달았다. 실수의 텀이 점점 짧아지고 있다고. 그가 대체 언제쯤 실수를 멈출까? 숨어있던 그의 폭력성을 내가 찾아낸 것인가? 어쩌면 내가 정말 맞을 짓을 했나? 그와 헤어지고 싶었지만, 어느새 다시 헌신하고 있는 그의 모습에 또다시 용서했다. '그래. 캐나다에 갈 때까지만이라도…' 그렇게 2년이 지났다.

내가 캐나다에 공부하러 가는 것은 그와 처음 만났을 때부터 예정된 일이었다. 그는 내 꿈을 응원해주었고 기꺼이 돕겠다고 말했다. 내가 비행기를 타고 캐나다로 떠나기 한 달 전이었다.

그가 대뜸 "캐나다 안 가면 안 돼?"라고 말했다.

나는 당황했다. 그도 그럴 것이, 그는 어제까지만 해도 내 꿈을 응원해주었기 때문이었다. 나는 그가 나에게 또다시 실수할까 봐 그의 눈치를 살살 살폈다.

"어? 왜?"

"왜라니? 나는 어떡하라고."

"뭐를?"

"뭐를? 넌 나를 뭐라고 생각하는 거야?"

그의 언성이 높아지자 반사적으로 몸이 움찔거렸다.

"나도 물론 보고 싶겠지만, 이건 우리가 처음 만났을 때부터 내가 바라고 있었던 일이고… 또…"

"보고 싶겠지만?" 그가 내 말을 끊고 말했다. 나는 더 이상 아무 말도 할 수가 없었다. 그의 말투, 억양, 행동에 변화 뒤에는 언제나 그의 실수가 이어졌다. 그 압박감은 나를 아무것도 할 수 없게 만들었다.

특정 자극과 어떤 반응의 반복적 결합은 학습이 되었고 불행하게도 나는 그것을 배웠다. 그와 나 사이의 고전적 조건 같은 것이 형성된 것이었다.

"안 가는 것도 괜찮을 것 같아. 여기서도 준비할 수 있으니까."

내 결정을 듣고 그가 환하게 웃으며 기뻐했다.

"그렇지? 공부가 어디 환경이 중요한가? 의지와 마음이 더 중요하지. 옳은 결정이야. 잘했어."

마치 고래가 된 기분이었다. 잘해서 하는 칭찬이 아니라 잘하게 하기 위한 칭찬이니까. 이게 정말 내 결정일까? 아무렴, 그가 웃어서 좋았다. 그가 웃음으로 행복해져서가 아니라 그가 웃어야 내가 울지 않을 수 있으니까. 그렇게 3년을 넘게 준비해 간신히 출발선에 선 나는, 출발하지 못했다. 출발을 알리는 총소리가 들리지 않았으니까.

1년이 더 지났다. 그즈음에 그의 아이를 뱃속에 품게 되었다. 그는 인생에서 가장 큰 선물을 준 자신에게 감사하라고 말했다.

"고마워. 이제 아이도 있으니까 때리면 안 돼." 말을 끝내는 순간 온몸이 떨리고 있다는 것을 직감했다. 고개를 들어 그의 표정을 감히 쳐다볼 수 없었다. 지난번에도 때리지 말라고 말했다가 그를 화나게 한 적이 있었기에.

침묵 속에서 몇 초가 흘렀다. 나는 그 몇 초 동안 그가 아무것도 못 들었기를 바라며 침을 삼켰다. 마른침이 기도에 걸려 내려가지 못하고 있을 때, 그가 내 뒤통수의 머리채를 잡았다. 불행하게도 그가 들었나 보다. 나는 두 손으로 내 머리채를 잡은 그의 손을 잡고 아무 말도 하지 않았다. 이제 와서 사과해도 벗어날 수 없었으니까.

그날 나는 꽃이 많은 방 안에 감금당했다. 그가 문을 잠가놓거나 하지는 않았다. 그냥 닫아놓았을 뿐이었다. 하지만 그가 화장실 말고는 밖으로 나오지 말라고 했기 때문에, 나는 나가지 않았다.

그 방은 바람이 아주 잘 통하는 방이었다. 나는 그 방에 그가 줬던 꽃을 모아 천장에 거꾸로 매달아 예쁘게 말려왔었다. 그렇게 만든 드라이플라워는 전부 그 방을 꾸미는 데 사용했었다.

 그가 나를 방에 가둔 이유는, 자기가 자꾸 때린다고 생각하면 아이가 커서 뭘 배우겠냐고 버릇을 고쳐놓겠다는 이유에서였다. 처음엔 하루만이었다. 하루가 지나니 하루 더 있으라고 했다. 또 하루가 지나니 일주일을 더 있으라고 했다. 문이 닫히고 그의 목소리가 들렸다.

"진작 이렇게 할걸."

 나는 방 안에서 종종 무의식 상태에 빠지곤 했는데, 그 소리에 정신을 차리기도 했다. 중력이 내 몸을 조이는 느낌이었다. 위에서 아래로, 그뿐만 아니라 사방에서 내 몸을 향해.

 그가 저번 주에 준 장미꽃이 보였다. 말라비틀어진 꽃들 틈에서 아직 간신히 살아있는 흑장미였다.

 그 방에 거울은 없었지만, 장미를 통해 내 모습을 확인할 수 있었다. 그때는 그게 감금인지도 모른 채, 하루 종일 장미를 들여다보았다.

 아침이 되면, 그는 나에게 물 한 컵과 허기를 채울 수 있는 빵을 주었다. 밤새 목이 말라 물부터 한 모금 마신 후,

조금씩 빵을 뜯어 먹었다. 딱히 배가 고프진 않았지만, 입이 심심해서.

점심이 되면, 그가 어젯밤부터 오늘 아침까지 있었던 일을 나에게 이야기해 주었고 나의 하루를 물었다. 나는 하루 종일 장미를 보고 있었다고 말했다.

저녁이 되면, 그는 다시 나에게 물 한 컵과 영양소가 고루 함유된 요리를 준비해 주었다. 나는 말라비틀어가는 장미에게 물 한 컵을 전부 주었다.

"시들지 마라, 장미야. 너처럼 예쁜 꽃이 세상에 어디 있다고. 네가 바싹 말라비틀어져 드라이플라워가 되는 날, 나도 그의 전시 꽃이 되겠지."

나는 이 장미가 뿌리 없는 절화 장미인걸 알면서도 기꺼이 물을 내주었다. 내 몸도 말라가지만, 내일 아침이 되면 그가 다시 물을 줄 테니.

장미의 꽃말은 색깔별로 다르지만 전부 사랑이다. 하지만 장미의 꽃말은 하나가 아니었다. 사랑 뒤에 따라오는 질투와 증오, 그리고 원한까지. 옛날에는 사랑에 눈이 멀어 그 뒤에 말들은 보지 못했다. 사람들이 '사랑'이라는 아름다운 말을 맨 앞에 써서 뒤에 말들을 가린 것도 한몫했다. 장미의 꽃말은 사랑이다. 질투와 증오도 사랑에서 나올 수 있다는 것을 그때 알았다.

 일주일 즈음 지났나? 오늘은 그가 빵과 물을 주지 않았다. 목이 조금 마른 것 빼고는 그런대로 견딜만했다. 나는 장미와 함께 시들었다.

 점심에도 그가 오지 않았다. 내가 잘 있나 확인하러 올 텐데. 조금 의아했지만 밖으로 나가지 않았다. 그가 나를 시험하는 걸 수도 있으니까.

 저녁이 되었다. 해가 지기 시작할 때 즈음, 나는 그 꽃밭에서 헛소리를 해댔다. 끝없는 정적을 없애기 위해서. 그게 그 하루의 첫 소음이었다.

 새벽이 되었다. 나는 화장실이 가고 싶어졌고 그제야 문밖으로 나갈 수 있었다. 나는 그에게 완전히 적응되었다. 방문을 연 그곳엔 아무도 없었다.

 내가 그에게 빠져나올 수 있었던 것은 정말 어처구니없는 이유에서였다. 그저 그가 나에게 질렸다는 것. 그래서 그가 나를 떠났다는 것. 나는 그렇게 장미꽃을 그곳에 남겨둔 채 꽃밭을 떠났다. 수치스럽지 않았다. 내 몸에 문제가 생겼다는 것을 알기 전까지.

하늘이 무너져도 솟아날 구멍은 있다고 했나? 그런데 그 구멍, 그렇게 넓지 않았다. 나 혼자밖에 나갈 수 없는 아주 좁은 구멍이었다.

내가 더 이상 배가 부르지 않다는 걸 눈치챈 것은, 조금 더 시간이 지나고 나서였다. 나는 꽃향기를 맡아보지도 못하고 굶어 죽어버린 아기를 그 방에 남겨 둔 채, 도망치듯 캐나다로 떠났다.

억울하다. 진실이라 믿었던 것들이 진짜가 아니라면, 거짓이라 의심했던 것들도 가짜가 아니어야 하지 않는가? 너는 꽃을 주는 사람을 눈여겨보아야 한다. 꽃은 가꿔질 수도 있지만 꺾일 수도 있다.

다시 현재

죄를 지으면 벌을 받는 것은 당연한 이치다. 하지만 사실 이 세상에 당연한 것은 그렇게 많지 않다. 판단의 기준과 근거는 당신과 같은 인간이 정한 것이기 때문에. 결국 '당연한 이치'라는 이 말도 당연하지 않다는 것이다.

뱀의 머리를 잘랐더라면 아담은 정말 선악과를 먹지 않았을까?

100년의 짧은 시간에서도 우리는 절제하고, 감내하고, 억누르기에 실패한다. 하물며 아무것도 없는 허허벌판 속, 오랜 시간 함께한 신과의 권태로운 관계에서 무한의 시간을 참는다는 것은 불가능하다. 못 믿겠다고? 너 자신을 한 번 봐라. 지금도 무언가를 참고 있으면서.

그렇다면 신은 왜 우리를 이렇게 만들었을까? 신은 왜 우리에게 기준을 정해주지 않았을까?

행복과 불행의 기로에 선 자유의지 때문에. 수많은 철학적인 증명들로 이해시킨 어딘가 부족한 이론들. 차라리 자유의지 없는 신의 종이면 어땠을까? 적어도 불행하지는 않을 것이다. 아니, 행복할 것임을 감히 믿는다. 그렇다고 자유의지를 포기할 것인가?

다시, 당신은 행복한 노예가 될 건가, 기로에 선 시민이 될 건가? 질문 자체가 잘못되었다. 애초에 신이 아닌 우리에게 선택권은 없으니.

생각해보니, 언제나 당신은 나에게 고마워했다. 하지만 나는 한 번도 기뻐하지 않았다. 그것은 위선을 섞은 감사였으니까. 언제나 당신은 나에게 미안해했다. 하지만 나는 한 번도 용서하지 않았다. 그것은 기만을 섞은 사과였으니까.

이제 그를 쳐 죽이러 가야만 한다. "아기야, 미안해. 엄마가 미안해."라는 말은 필요 없다. 이미 11년을 마른침과 함께 전부 삼켰으니까. 변명으로 책임을 회피하지도, 솔직함으로 책임을 덜어내지도 않았다. 더 이상 책임 없는 말로 죄책감을 조금도 덜고 싶지 않았다.

'엄마가 멍청했어. 엄마도 너무 어렸어.'라는 변명도 하지 않을게. 그냥 그 새끼를 찢어 죽일 테니 부디 딱 한 번만 더 엄마가 너를 품게 해 다오. 그땐 너를 더 예뻐해 줄게. 네가 엄마 배에서 웅크려 자고 있을 때, 누구도 너에게 손댈 수 없게 엄마가 강해질게.

여유가 생기니 이제 와서 모성애가 생겼다고? 맞아. 그래서 엄마는 너에게 더 잘할 수밖에 없단다. 그땐 나 살기 바빠 너를 가엾게 여기지 못했는데, 지나고 보니 너는 내 분신이었구나. 아니, 너는 내 본체보다 귀하더구나. 부디 엄마를 용서하지 말고 너의 이익이 될 수 있게 엄마를 이용해 주렴.

하루가 지났다. 나는 칼을 챙기며 입꼬리를 올렸다. 그를 최대한 고통스럽게 죽이고 싶었다. 그에게 세상에서 제일 잔인한 아픔을 선사하고 싶었다. 하지만 역시 내가 제일 존경하는 '하정' 작가님의 방법을 이용하는 게 가장 알맞다고 생각했다.

그에게 다가가 그의 목을 단숨에 그을 것이다. 그의 목에서 피가 거꾸로 솟아 나올 때, 나는 솟아 나오는 구멍 같은 자리에 한 번 더 칼을 쑤셔 넣을 것이다. 그리고 손목을 좌우로 마구 돌려 비틀 것이다. 하지만 그렇게만 하면 그가 너무 편하게 죽는 거라 생각했다. 그래서 그가 나를 두려워하게 만들고 싶었다. 그에게 전하는 메시지를 통해서.

내가 감옥에서 쓴 [그녀의 덫]을 그가 읽게 된다면, 내 이름 '강세은'을 그는 절대 동명이인이라고 생각할 수 없을 것이다. 내가 그에게 캐나다에 갔다 와서 반드시 스타 강사가 되겠다고 수천 번은 말했기 때문에. 내가 이다음에 성공하면 카페 사장님처럼 레인지로버를 사고 싶다고 수백 번은 말했기 때문에. 그가 나를 때리면서 폭력이 아니라 날 위한 교육이라고 수십 번은 말했기 때문에. 블랙 사파이어 포도는 그가 가장 좋아하는 과일이기 때문에. 당신이 나에게 숨을 빼앗아갈 테니 숨을 참으라고 소리 질렀기 때문에.

내가 왜 갑자기 [그녀의 덫] 마지막 부분에서 욥 이야기를 했을까? 당신이 가장 존경하는 성경 인물이 욥이고, 당신이 가장 좋아하는 성경 인물이 도마이기 때문이다.

나는 [그녀의 덫]에서 내가 너에게 가고 있으니 두려움에 벌벌 떨라고 메시지를 전했다.

[그녀의 덫] 작가의 말에 아직 복수가 남았다고 적었다. 세상에 존재하는 책 대부분을 읽는 너는 당연히 이미 읽었

겠지만, 이 책을 직접 들고 너에게 찾아갈 것이다. 내가 집필한 [그녀의 덫]은 '하정' 작가님의 복수인 동시에 너를 가둘 덫이니까. 그래, 이 책은 내가 너에게 보내는 덫이다.

그것은 덫이었다. 세상 사람들이 내 책을 읽고 '그'와 결을 같이 하는 사람들에게 책을 보내며 메시지를 전하는 것. 우리가 겪은 아픈 기억들을 '각자의 그'에게 전하는 것. 세상이 나의 이야기로 시끄러워질수록, 너는 더 깊숙이 숨게 될 것이다. 이 덫으로 내가 너에게 찾아갈 때까지, 너의 피를 말리고 정신을 옭아매 반드시 너의 목을 비틀어버리겠다. 네가 준 장미 한 송이처럼. 그 장미가 다 말라 비틀어졌을 때, 이미 너는 그들의 덫에 걸리고 만 것이다.

[작가의 말

 이제 그의 피가 전부 말라붙었으니, 그 끝에 내 피도 전부 말라비틀어질 것이다.
 출판사에 덫 시리즈의 세 번째 원고를 보냈다. 내 이야기는 그렇게 끝이 났다.
 3부인 [그들의 덫]은 그와 나 사이의 이야기다. 그와 나의 관계에서 아마 생략된 부분도 많을 것이다. 빠르게 진행된 부분도 있을 것이다. 그렇기에 그와 나의 연계성과 사건의 인과성이 어색할 수도 있다. 내가 왜 그렇게 묘사했을까? 적응이라는 것은 내가 그것들을 인지하지 못한 사이에 빠르게 다가오니까. 내가 그것을 인지했을 때는 이미 그에게 적응하고 난 뒤였다. 적응 후, 눈앞에 보이는 것은 이미 벌어진 결과다. 겨울잠에서 깨어났을 때, 보이는 것이 예쁜 꽃인 것처럼. 그 사이 내게 일어난 일은 꿈뿐이다. 금세 희미해지는 길몽과 내일도 기억하게 될 악몽.
 나의 이득을 위해 너의 이익을 설명한다. 그러고는 진짜와 가짜를 교묘하게 섞어 흔든다. 진짜와 가짜의 비율에 따라 결정되는 선과 악. 우리가 설득을 당하는 과정이다. "이게 나 좋자고 하는 거야? 다 너 잘되라고 하는 거지."라는 것들이 그렇다.

여러분들도 마찬가지다. 여전히 내 언니가, 내 남동생이, 누군가의 '그'와 '그녀'가 될 것이다. 그들의 덫은 아직 끝나지 않았다.]

우리의 덫

#덫챌린지

5000+ 게시물

팔로우

매주 인기 게시물을 확인해보

입이란 입술부터 목구멍의 인두 시작 부위까지를 말한다.
사랑니를 뺀 28개의 치아 40g, 혀 8g, 입술 5g, 구개, 치은,
인두까지 도합 300g 미만.

그래서 세상엔 비밀이 없다.

[나는 너무 외로워서 빛을 등지고 섰다. 발아래 있는 그
림자에게 속삭이려고.]

심각한 문제가 일어났다. 1년 하고도 2개월 전, 한 여성이 연락 없이 친구들과 늦게까지 술을 마셔 남자 친구가 화를 냈다는 이유로 목을 찔러 죽였다는 소식이 전해졌다. 여기서 문제는 그 여성의 집에서 '강세은' 작가의 책이 발견되었다는 것이다. 심각한 일은 거기서 끝나지 않았다.

강세은 작가가 출소한 지 2개월이 지난 지금, 그때 그 여성은 자신이 강세은 작가의 팬이라고 떠벌리며 강세은

작가의 범죄를 모방했다. 그리고 감옥 안에서 시를 지어 인터넷에 올렸다. 그 시는 그녀가 얼마나 외로웠는지를 표현한 글이었다. 그것이 문제의 시작이었다.

[나는 너무 외로워서 빛을 등지고 섰다. 발아래 있는 그림자에게 속삭이려고.]

그녀가 지은 시 중에 문제가 된 시다. 사람들은 이 시를 해석하기 시작했다.

외롭다 - 남자 친구가 있어도 외롭다.

빛을 등지고 섰다 - 빛은 선이다. 선을 외면했다.

그림자에게 속삭이려고 - 그림자는 어둠이다. 어둠은 악이다. 범죄를 저지르겠다.

갖가지 사견이 덧붙었다. 몇몇 사람들은 그녀의 외로움을 공감했고, 그녀의 범죄를 정당화하기도 했다. 내가 '그'의 목을 그은 것처럼.

감옥에 있는 여성이 의도한 것인지 사람들의 반짝이는 관심인지는 알 수 없지만, 이 문장은 그녀가 감옥에서 썼기에 이목을 끌지 않을 수가 없었다.

나중에 알게 된 사실이지만, 몇몇 범죄자들은 자신의 범죄를 글로 남긴다고 한다. 그리고 그것을 세상에 알리고 싶어 한다.

개중엔 정말 뻔뻔한 악마 새끼들도 있고, 피해자들의 영웅들도 있다. 나는 지금껏 어느 쪽도 아닌 줄 알았다. 굳이 속해야 한다면 후자에 가깝다고 생각했다. 세은이가 감옥에서, 그리고 감옥에서 출소한 후, 내가 쓴 글을 엮어 출간한 [그녀의 덫]과 [그들의 덫]을 읽었을 때까지만 해도.

세은이의 책이 출간되기 한참 전, 그녀는 감옥에서 나에게 [그녀의 덫] 원고를 보내주었다. 나는 벌벌 떨리는 손으로 원고를 들고 교도소로 향했다.

결론적으로 세은이는 [그녀의 덫]의 마무리를 애매하게 끊었지만, 그녀는 '나의 그'를 산속에서 차로 친 후, 결국 살려주었다. 그때 세은이는 나에게 이렇게 말했다.

"제가 '하정 작가님의 그'를 죽이면 흉악한 살인자가 될 뿐이에요. 저는 흉악한 살인자가 아니라 이 시대의 길잡이가 될 거예요."

아니, 그런 것도 아니었다. 세은이는 '그녀의 그'만 죽이면 된다고 말했다. 그녀는 절실하게 복수를 원하는 한 사람이었다.

다행히 내가 5번째 면회를 갔을 때, 세은이도 그 사실을 깨닫고 인정했다. 하지만 그 깨달음은 더욱더 그녀를 놓아버리게 만들었다. 그녀는 자신이 복수를 마치면 다시 아이를 품으러 돌아가겠다고 말했다. 어딜 돌아간다는 거지? 죽겠다는 건가? 반사적으로 내 입에서 한 문장이 튀어나왔다.

"죽기 전에는 아직 죽음이 없어."

정말 죽으면 끝일까?

죽음에 대해 깊이 생각해 본 적이 있다. 사실 누구나 그럴 것이다. 죽음이 코앞에 있는 사람에겐 죽음이 두려울 것이고, 죽음과 거리가 먼 사람에겐 남 일처럼 대수롭지 않을 것이다. 혹은 오히려 죽음 직전에 있기 때문에 아무렇지 않을 수도 있고, 죽음과 거리가 멀지만 당장 내일 죽을 것처럼 두려움에 떠는 사람도 있다.

정말 안타깝지만 살아가는데 무언가에 부딪혀 죽음을

원하는 사람도 있고, 죽음이 싫어서 죽음과 죽기 직전까지 싸우며 인간 능력 밖의 영역에 도전하는 사람도 있다.

이렇게 죽음에 대한 사람들의 관점은 다양하다.

그녀가 죽고 싶은 이유는 죄책감일까? 아니면 그리움일까. 그것도 아니라면 허무함일까?

나는 그녀의 말을 더 들어줄 수 없었다. 나도 죽고 싶었던 적이 있었기에.

"죽음에는 죽음과 죽고 난 후 밖에 없어. 사후라는 말은 있어도 사전이라는 말은 없잖아? 죽기 전을 의미하는 말은 사전이 아니라 생전으로, 살아 있는 동안의 삶을 얘기해."

"네?"

"너 살아있다고. 아직 안 죽었으니까 죽네 마네 하지 말라고."

죽음 자체는 그 사람의 몫이지만, 죽고 나서는 남겨진 사람들의 몫이다. 그리고 그 몫은 각자의 자리에서 각자가 가진 신념으로 생각하고 기도하면 어느 정도는 한 게 아닌가 싶다.

하지만 죽기 전까지는 무슨 수를 써서라도 각자의 몫을

책임져야 한다. 죽기 전에는 아직 죽음이 없다.

그녀가 내 말을 제대로 알아들었는지, 미소를 지었다.

다시 말하지만, 세은이는 산속에서 '나의 그'를 차로 치고 끝내 죽이지 않았다. 그저 춥고 어두운 산속에 그를 내버려 두고 혼자 산에서 내려왔다. 그 길로 세은이는 경찰에 자수했고 살인미수로 감옥에 들어갔다. 그녀의 계획이 성공하려면 [그녀의 덫]이 이슈화되어야 하므로 그녀는 감옥을 택한 것이었다. 결국, 모든 것은 그녀가 단숨에 유명해져 마케팅 효과를 노리기 위해 계획된 일이었다.

그녀는 교도소 내에서 글을 쓰며 자신의 진짜 복수를 하기 위해, 맨 처음 세운 계획을 끊임없이 복기했다. 그리고 실행했고, 아마 성공했을 것이다. 그녀가 자살했다고 뉴스에 나왔으니까. 그것이 그녀가 알아들은 미소였다.

범죄자가 된 세은이를 옹호할 생각은 추호도 없다. 그래도 그녀를 지옥으로 이끌게 한 '그녀의 그'는 반드시 지옥에서도 가장 뜨거운 자리에서, 앉지도 못하고 서서 활활 불타리라. 뼛가루가 재가 되고 그 재마저 불타 사라져 형체를 남기지 않으리라. 그럼에도 꼭 그 고통은 고스란히 받아 죗값을 치르라. 그녀가 용서할 때까지. 부디 그녀는 지옥에서 가장 좋은 자리에 앉아, 그녀와 똑 닮은 예쁜 딸을 배에 품고 그 모습을 지켜보리라. 아이가 태어나 천국으로 갈 때까지.

세은이를 생각하며 남겨진 사람의 몫을 다했다. 이제 나는 이 이야기의 존재 이유를 다시 생각해보아야 한다.

세은이의 책을 읽고 따라 하는 사람이 생겨났다. 그리고 앞으로도 더 많은 유사 범죄가 일어날 수도 있다. 정말 세상 사람들의 말대로 이 책은 금서로 지정되어야 하는가? 세은이와 나의 의도는 절대로 그런 것이 아니었는데. 행위자들에게 당하는 사람이 언제까지고 가만있지 않을 수 있다는 것을 알려주고 싶을 뿐이었는데.

이 글의 시작은 나이기에, 나는 얄궂은 운명의 초입새를 부셔야만 했다.

나의 개인적인 선택으로 사람들의 목에 흉터가 생겨났다. 마치 무언가를 위한 증표처럼. 나는 마지막으로 한번 더 '하정'이라는 이름을 빌렸다.

너는 천사가 된 악마의 이야기를 들어 본 적이 있는가? 아마 거의 없을 것이다. 반면에 악마가 된 천사의 이야기는 많이 들어보았을 것이다. 천사에서 악마가 된 루시퍼가 이를 증명했으니.

그럼 다시, 악이 선이 될 수는 없는가? 아마 많이 들어보지 못했을 것이다. 처음부터 악한 자는 죄라는 것을 씻을 회개의 약속이 없었기에.

나는 처음부터 악하지 않았다. 그러니 이제 그 회개의 약속이라는 것을 하러 간다. 루시퍼도 언젠가 회개한다면 천사로 다시 돌아갈 수 있을까?

나는 '하정'이라는 이름으로 SNS를 통해 사람들에게 부탁했다. 책을 파기해달라고.

나의 뜻을 이해하고 결정을 존중해주는 몇몇 독자들이 정말로 책을 파기해주었다. 그러다 조금 이슈가 되었는지, 한 연예인 독자 한 명이 구구절절한 나의 사연을 듣고 책을 불태워 SNS에 인증했다. 그것이 챌린지처럼 퍼져나갔다.

물론 나의 뜻을 이해해주지 못하는 사람들도 있었고 귀

찾아하는 사람들도 있었다. 그러한 책들은 모두 사들였다. 책값 12,000원에. 택배비는 물론 착불이었다. 그 과정에서 남편의 도움이 있었고, 남편은 내 과거 트라우마와 관련된 것이라면 무엇이든지 도와주었다.

사람들의 일상 곳곳에 스며든 덫 시리즈의 전권을 사들이며 우리의 인생이 사람들로부터 서서히 잊히길 원했다. 나는 처음 [그의 덫]을 쓰며 세웠던 계획을 실행했다. 이제 너희를 떠나보내겠다. 책들을 모아 한가운데 불을 지폈다.

붉은 불이 일렁이며 사방으로 퍼지고 하늘 위로 솟구친다. 그 주위를 둘러싼 검은 재가 아이처럼 울부짖는다. 오, 나의 아가야. 부디 그곳에선 안녕하기를.

나는 위의 세 문장을 기꺼이 세은이에게 주었다. 안녕 세희야, 안녕 아가야, 안녕 우리의 덫아.

이 이야기는 하나의 긴 소설이고, 여러 이야기가 있는 소설집이며, 하나뿐인 나의 에세이다.

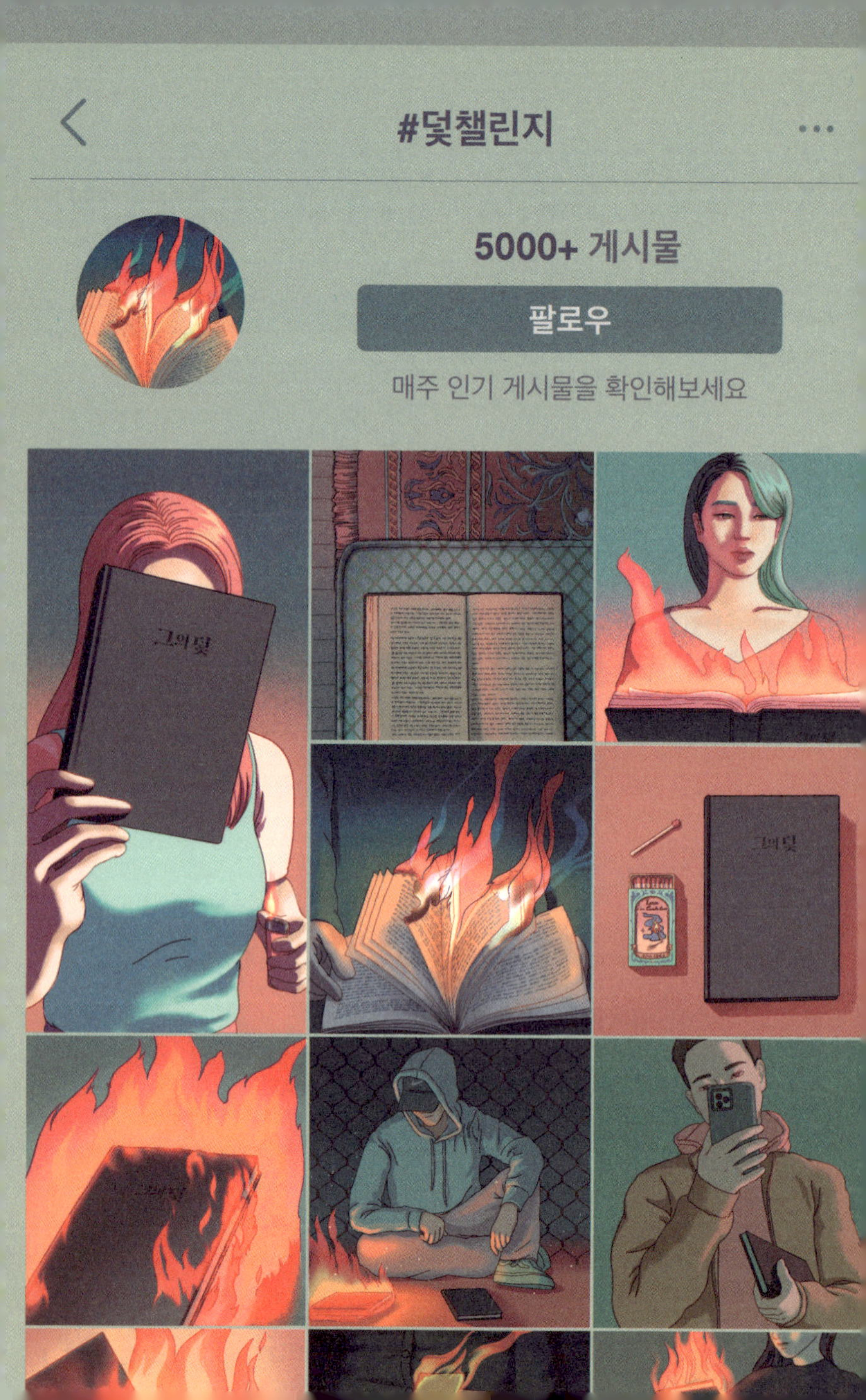
#덫챌린지
5000+ 게시물
팔로우
매주 인기 게시물을 확인해보세요
그의 덫
그의 덫

한 달 후

책을 모조리 불태우고도 뒤늦게 꽤 많은 양의 책들이 배송되었다. 책 뒤표지에 본인들의 계좌번호가 붙어 있는 채로. 남편은 계좌번호에 12,000원씩 책값을 입금해주었다. 입금이 끝난 책들을 한데 모아 다시 불태웠다.

한 달 후

여전히 책이 배송되었다. 어떤 날은 하루에 네 권, 어떤 날은 나흘에 한 권. 그래도 배송되는 책의 양이 현저히 줄었다. 한 달에 한 번씩 불태우는 날을 정해야겠다.

한 달 후

이번 달은 총 22권을 배송받았다. 책을 파기하기 시작한 지 벌써 3개월이 지났다. 이것도 일이다. 언제까지 불태워 없애야 하는 거지?

한 달 후

총 3권을 배송받았다. 대충 물량을 계산해보니 이제 거의 끝나간다. 애초에 100% 회수하는 건 불가능하니 이 정도로도 충분히 만족했다. 이제 더 이상 오지 않겠지. 왠지 조금 아쉬운 마음이 들었다.

한 달 후

이번 달은 한 권도 배송받지 못했다. 그리고 사람들 사이에서도 완전히 잊혔다. 마치 애초에 없었던 일인 것처럼. 나의 모든 흔적이 사라지고 있다. 원했던 일임과 동시에 씁쓸하기도 했다.

세은이는 죽어서도 이름을 떨쳤다. 아니, 살아있을 때보다 더 유명해졌다. 사람들은 그녀를 추모했고, 그녀의 업적을 나폴레옹의 업적과 비교하며 떠받들었다. 딱 이번 달까지만.

한 달 후

다 끝난 줄 알았더니, 또다시 책 한 권이 배송되었다. 그런데 계좌번호가 붙어 있지 않았다. 그냥 보냈나? 돈 때문이 아니라 온전히 내 결정을 이해해주는 기분이었다. 단순히 계좌번호 붙이는 것을 잊어버린 걸지도 모르지만, 왠지 마음이 뭉클해졌다.

나는 따분했던 일상에 펜과 노트를 찾았다. 그리고 배송받은 책을 펼쳐, 처음부터 끝까지 필사했다. 양이 많지는 않았다. 틈틈이 베껴 쓴 이 글들은 닷새 안에 다시 얇은 책 한 권이 되었다.

그것을 다시 노트북에 옮겨 썼다. 기계는 손보다 빨랐

다. 이번엔 사흘이 걸렸다.

이내 내가 무엇을 하고 있는지 싶어, 두 권의 책을 다시 불태우려고 했다. 문득 정말 불을 지펴야 할지 고민이 되었다. 내가 정말 소설가가 된 것인가? 나의 예술작품 아니, 내 자식 같은 나의 글들이 태워지는 것을 이제는 견딜 수 없었다.

고뇌하는 마음을 애써 책과 함께 불태웠다. 빨갛게 타올랐던 나의 마음은 다시 검게 물들었다. 형체가 없어진 책처럼.

노트북을 덮었다. 그리고 깨끗이 잊겠다고 다짐했다.

한 달 후

이번 달은 배송받지 못했다. 내심 기대했는데. 다시 책을 쓰고 싶어질까 봐 차라리 책을 읽었다. 책꽂이에 헤르만 헤세의 [데미안]이 눈에 띄었다. 어렸을 때, 어렵게 읽었던 기억에 다시 제대로 이해해보려고 책을 들었다.

예전 기억엔 [새는 알에서 나오려고 투쟁한다. 알은 세계다. 태어나려는 자는 한 세계를 깨뜨려야 한다.] 같은 명대사가 눈에 보였는데, 이번엔 [두려워해서는 안 되고, 영혼이 열망하는 것들을 금지시켜도 안 되네.]라는 구절이 내 영혼을 열망케 했다. 인간은 보고 듣고 싶은 것들에만 반응한다는데, 나는 이 구절이 좋았다. 헤르만 헤세가 나를 위해 이 문장을 지은 것이다.

한 달 후

책 한 권이 또 배송되었다. 검은 재가 될 책이. 내가 어떠한 덫에 걸려버린 것일까? 나는 알 수 없는 허전함에 빠졌다.

머리를 식힐 겸, 차를 끌고 도로로 나갔다. 생각이 복잡해질 때, 창문 밖으로 움직이는 배경들을 보고 있으면 어수선한 생각들이 한 곳에 모이는 탓이었다. 그때 나는 횡단보도 그 길에서 선악을 동시에 보았다.

앞에 있는 자동차 한 대가 노란 불에 급정거를 해 브레이크를 밟았다. 그러더니 갑자기 2차선으로 차선 변경 후, 우회전해서 사라졌다. 덕분에 신호에 걸린 나는 정신을 차리고 앞에 있는 횡단보도를 응시했다. 그곳엔 20대 여성, 꼬마 아이, 할머니가 신호를 기다리고 있었다.

횡단보도 앞에는 조금 전까지 길에서 담배를 피웠는지, 바닥에 가래침을 뱉으며 담배꽁초를 하수구도 아닌 맨바닥에 버리는 20대 직장인 여성이 보였다. 보행자 신호등이 녹색으로 바뀌자 열 살 조금 안 돼 보이는 꼬마 아이가 오른손을 번쩍 들고 횡단보도에 하얀색 면만 밟으며 뛰어갔다. 회색 아스팔트를 자칫 잘못 밟으면 낭떠러지로 떨어진다는 상상력을 발휘하는지, 그 모습이 꽤나 귀여워 보였다. 그때 맨 뒤에서 리어카를 끌고 가던 할머니가 넘어지고 말았다. 도로에 금이 간 부분이 있었는지 바퀴가 걸린 탓이었다.

다섯 발자국 정도 더 앞서고 있던, 그러니까 조금 전까지 길빵에 가래침을 뱉던 여성은, 덜컹거리는 소리를 듣고 망설임 없이 되돌아가 할머니를 부축하고 리어카에 담겨있던 박스와 쓰레기들을 깨끗하게 정리했다. 보행자 신호등이 다시 적색으로 바뀌자 신호 대기 중이던 차들에게 고개 숙여 양해를 구하며 할머니를 끝까지 부축해 맞은편까지 잘 모셔다드렸다.

내가 그 사람을 보고 든 생각은 뭐였을까?

착하지만 나쁘다. 나쁘지만 착하다. 아니면 그냥 그렇다?

어느 하나의 단어로 단정 지을 수 없는 게 인간이다. 뭐가 어떻다고 갈피를 잡기 어려울 만큼 여러 가지가 얽혀있는 게 사람이다.

선과 악은 섞인다. 선과 악은 절대적이면서 동시에 상대적이기 때문에.

이 세상에는 나쁜 사람보다 착한 사람이 무조건 더 많다고 생각한다. 서로의 것을 빼앗기 위해 전쟁을 하던 시대보다 부족한 게 별로 없기 때문이다. 부족한 건 없고 가진 것은 넘쳐나니, 사람들은 그것들을 지키기 위해 노력한다. 나쁘게 사는 것보단 착하게 사는 것이 그것들을 지키기에 더 최적화되어있다. 사실 이 세상에서 부족이라는 개념은 없어질 수 없지만.

우리는 항상 부족하다. 그래서 더 부족해지지 않으려고,

가진 것을 지키기 위해 쓸데없이 적을 만들려고 하지 않는다. 배려와 친절, 혹은 그게 가면 겉에 달아 놓은 화려한 깃털일지라도 보통은 착하게 행동한다.

위선을 말하는가? 아니, 처세를 이야기하는 것이다. 하지만 그럼에도 분명히 악한 사람들은 존재한다. 그들이 판치는 세상은 더럽고, 불쾌하고, 구리다. 그리고 또 뭐가 있을까? 온갖 부정적인 단어들을 다 갖다 붙여도 모자랄 만큼 좆같다.

그들은 악을 선으로 착각한다. 그들 스스로가 옳다고 생각하는 걸 선이라 여기고 악을 행한다. 그러고는 스스로 어떻게든 당위성을 부여해 선으로 포장한다. 그렇게 악한 자들은 스스로 편해진다.

신호가 바뀌고 브레이크 페달에 발을 떼는 것을 잊어버렸다. 빵빵거리는 자동차 경적이 두어 번 들리고 나서야 다시 정신을 차렸다. 그 여성은 할머니에게 멀어지며 다시 담배를 꺼내 길에서 불을 붙였다.

그래, 이렇게나 복잡한 사고방식으로 이루어진 존재가 인간인데, 선악을 결정하게 하는 것이 어찌 하나뿐일까.

한 달 후

책 한 권이 또 배송되었다. 자꾸 누가 보내는 건지. 나는 데미안의 한 구절에 몸을 맡길 수밖에 없었다.

다시 노트북을 열어 그 후의 이야기를 쓰기 시작했다. [그의 덫], [그녀의 덫], [그들의 덫]. 그렇다면 이번 제목은 [우리의 덫]이 좋겠지. 역시 홀수보다는 짝수가 더 안정감을 준다. 그래, 분량도 조금 적었지. 세은이의 뒷이야기도 풀어야 하고, 나의 이야기도 풀어야 했다. 드디어 우리의 이야기가 정말로 끝이 났다.

글을 다 쓴 후, 여전히 아무것도 알 수 없었다. 그래서 스스로 질문을 던졌다. 나는 이것을 다시 책으로 만들고 싶은 걸까? 잘 모르겠다.

나는 이 원고를 버릴 수도 취할 수도 없었다. 그저 원고 파일이 담긴 메모리카드를 지갑에 보관했다. 그리고 이것을 어떻게든 해야겠다고 결정한 어느 날, 인적이 드문 양봉장으로 향했다. 나는 이 이야기의 모든 권리를 포기한다.

개꿀이다.

달콤한 상황을 꿀에 빗대어 표현한 것이 아니라 진짜 개꿀. 벌통에서 떠낸, 벌집에 들어 있는 상태의 꿀 말이다.

그런데 웬걸. 벌집 아래에 낡은 명품 지갑이 떨어져 있었다. 두툼하지는 않지만, 꽤 묵직한 지갑.

이건 진짜 개꿀이다.

두 달 전 최종 면접 합격 후, 한 달간의 실무수습 기간이 드디어 막바지에 이르렀다. 오늘은 양봉장으로 견학 왔다. 흙냄새가 떠도는 자연 그대로의 양봉장이었다. 그곳엔 꽃잎이 하얀색 파란색으로 교차해서 물들어진 꽃들이 곳곳에 피어있었다.

어떻게 이렇게 아름다울 수 있을까? 한 꽃잎에 두 가지 색이라니. 안 그래도 화려한 꽃이 더욱더 화려해졌다. 견학 도중 쉬는 시간, 화려하고 신비한 꽃에 홀려 다가간 게 행운일 줄이야.

묵직한 지갑엔 주민등록증과 운전면허증, 신용카드 같은 것들은 없었다. 두 번만 더 찍으면 완성되는 아메리카노 도장 쿠폰, 여러 식당의 쿠폰들만이 있었다. 그리고 만 원짜리 1장, 천 원짜리 2장이 있었다.

12,000원이라니. 나는 이 거금을 찾아줄 만큼 착하지 않다. 더군다나 명품 지갑에 12,000원이나 가지고 다닐 정도면 보나 마나 부자겠지. 나 같은 서민에게 이 정도는 기꺼이 베풀 수 있겠지. 그러니까 내가 고민 없이 챙겨도 되겠지. 그래도 지갑은 돌려줄까? 아니, 신분증이 없어 찾아줄 수도 없는걸.

눈치를 살피며 입고 있던 검은색 블레이저 안주머니에 지갑과 함께 합리화를 집어넣었다. 쉬는 시간이 벌써 끝났는지 양봉장 사장님이 다시 우리를 불렀다.

"벌이나 나비는 꽃의 꿀을 먹고 자라요. 꽃은 보통 수술에 묻은 꽃가루가 암술에 묻으면서 교배가 되는데, 벌이 꿀을 얻으면서 몸이나 다리에 꽃가루를 묻힌 후, 다른 꽃에 가서 꿀을 얻으며 암술에 묻혀요. 그러면 꽃이 수정되죠."

나는 주위 곳곳에 피어있는 자연이 교배시킨 꽃밭을 바라보았다. 사람으로 치면 벌이 정자은행의 역할을 해주는 것인가? 어쩌면 최초로 정자은행을 설립한 로버트 클라크 그라함의 영감은 여기서 시작되었을지도 모른다.

저 꽃에 벌들을 보니 무언가를 옮겨 퍼뜨리고 싶었다. 그러면 나도 아름다운 꽃밭을 가꿀 수 있을까?

아니, 아름다운 꽃을 보는데 이런 생각은 실례지. 저 꽃들이 바로 내가 취직한 우리 연구원에서 새로 재배한 꽃이다. 복사나무와 파란색 계열의 꽃나무를 접붙인 것인가? 행복이 꽃말인 독일의 국화, 푸른색 수레국화 같은 것들을. 우리를 인솔하는 대리님이 말했다.

"신기하죠? 파란색과 하얀색이 화려하게 섞인 게 특징이죠. 꽃 색은 안토시아닌의 화학구조에 의해 결정돼요. 안토시아닌은 탄소의 육각형 고리가 이어진 형태인데, 각 고리에 어떤 물질이 붙느냐에 따라 이렇게 예쁜 색을 결정할 수 있죠. 이 경우엔 플라보노이드 계통의 물질과 금속 이온이 복합체를 이루었어요. 앞으로 박정현 님이 해야 할 일 중 하나입니다."

우리가 넋 놓고 화려한 꽃밭을 바라보자 대리님이 말을 이었다.

"눈에 많이 담으세요. 다음 주가 되면 꽃잎이 떨어질 테니. 오늘은 꽃구경하는 거로 견학을 마칠게요. 수습 기간 잘 따라와 줘서 다들 고마워요. 다음 주부터 본격적으로 업무 시작하겠습니다. 주말 잘 보내세요."

대리님의 말이 끝나자 "수고하셨습니다."라는 제각각의 목소리가 흙냄새에 섞여들었다.

지하철을 타고 집에 도착하니 안주머니에 있던 지갑이 생각났다.

"오는 길에 현금만 빼고 우체통에 넣으려 했는데 깜빡했네. 내일 나가는 길에 넣어야지. 아니구나, 어차피 신분증이 없구나." 그렇게 중얼거리며 컴퓨터를 켠 후, 현금을 뺐다. 그때 만원짜리 지폐와 천 원짜리 지폐 사이에서 무언가 딸려 나와 바닥에 떨어졌다. 메모리카드였다.

"이게 뭐지?"

어떤 것이든 감추어진 속내를 조금씩 들춰내는 일은 가장 매력적인 일중 하나다. 그래서 비밀은 매혹적이고 고혹적이다.

나는 호기심에 범죄인 걸 알면서도 컴퓨터에 메모리카드를 집어넣었다. 그곳엔 [그의 덫]이라는 제목의 파일이 하나 있었다. 왠지 익숙한 제목이었다. 파일을 열어 첫 문장을 읽었다.

[밤의 빛이 떠올랐다.

그 빛은 나에게 알맞은 밝기였다.

아니, 사실은 그마저도 밝았다.

빛이 없는 세상은 영영 오지 않을 테니.]

1년 조금 안 됐나? 예전에 유행했던 챌린지의 주인공이었다. 나 역시 책을 불태워 SNS에 인증했었다. 나는 호기심이 생겨 컴퓨터 의자에 앉아, 꼼짝도 안 하고 글을 읽기 시작했다.

[그의 덫], [그녀의 덫], [그들의 덫]을 차례대로 읽고 마지막 남은 원고 파일을 클릭했다. [우리의 덫]. 원래 있었나? 나는 흥분되는 마음으로 첫 문장을 읽었다. [나는 너무 외로워서 빛을 등지고 섰다. 발아래 있는 그림자에게 속삭이려고.]

금세 스크롤의 공간이 좁아졌다. 작가가 책을 모아 한가운데 불을 지핀 후, 한 달이 지날 때마다 작가의 심리 묘사가 드러났다. 나는 작가의 마음을 이해해보고 싶어 이 부분을 따로 정리했다.

[이번 달은 한 권도 배송받지 못했다. 그리고 사람들 사이에서도 이제 완전히 잊혔다.]

[나의 모든 흔적이 사라지고 있다. 원했던 일임과 동시에 씁쓸하기도 했다.]

[문득 정말 불을 지펴야 할지 고민이 되었다. 내가 정말 소설가가 된 것인가? 나의 예술작품 아니, 내 자식 같은 나의 글들이 태워지는 것을 이제는 견딜 수 없었다. 고뇌하는 마음을 애써 책과 함께 불태웠다. 빨갛게 타올랐던 나의 마음은 다시 검게 물들었다. 형체가 없어진 책처럼.]

[이번 달은 배송받지 못했다. 내심 기대했는데. 다시 책을 쓰고 싶어질까 봐 차라리 책을 읽었다.]

[{두려워해서는 안 되고, 영혼이 열망하는 것들을 금지시켜도 안 되네.}라는 구절이 내 영혼을 열망케 했다. 인간은 보고 듣고 싶은 것들에만 반응한다는데, 나는 이 구절이 좋았다. 헤르만 헤세가 나를 위해 이 문장을 지은 것이다.]

[책 한 권이 또 배송되었다. 검은 재가 될 책이. 내가 어떠한 덫에 걸려버린 것일까? 나는 알 수 없는 허전함에 빠

졌다.]

[그때 나는 횡단보도 그 길에서 선악을 동시에 보았다.]

[어느 하나의 단어로 단정 지을 수 없는 게 인간이다.]

[그 여성은 할머니에게 멀어지며 다시 담배를 꺼내 길에서 불을 붙였다.

그래, 이렇게나 복잡한 사고방식으로 이루어진 존재가 인간인데, 선악을 결정하게 하는 것이 어찌 하나뿐일까.]

[다시 노트북을 열어 그 후의 이야기를 쓰기 시작했다. [그의 덫], [그녀의 덫], [그들의 덫]. 그렇다면 이번 제목은 [우리의 덫]이 좋겠지. 역시 홀수보다는 짝수가 더 안정감을 준다. 그래, 분량도 조금 적었지. 세은이의 뒷이야기도 풀어야 하고, 나의 이야기도 풀어야 했다. 드디어 우리의 이야기가 정말로 끝이 났다.]

[글을 다 쓴 후, 여전히 아무것도 알 수 없었다. 그래서 스스로 질문을 던졌다. 나는 이것을 다시 책으로 만들고 싶은 걸까? 잘 모르겠다.

나는 이 원고를 버릴 수도 취할 수도 없었다. 그저 원고 파일이 담긴 메모리카드를 지갑에 보관했다. 그리고 이것을 어떻게든 해야겠다고 결정한 어느 날, 인적이 드문 양봉장으로 향했다. 나는 이 이야기의 모든 권리를 포기한다.]

그녀가 진정 원하는 것은 무엇일까? 나 역시 알 수 없었다. 그녀도 모르는데 내가 어떻게 알겠는가. 그저 그녀처럼 헤르만 헤세가 나를 위해 지은 문장을 몇 번이고 읽었다.

나는 인터넷에 들어가 [그의 덫]을 출판했던 출판사를 알아보았다. BLACK PAPER라는 출판사였다. 이어서 [그의 덫] 원고에 조금 긴 코멘트를 달았다.

[개꿀이다.

달콤한 상황을 꿀에 빗대어 표현한 것이 아니라 진짜 개꿀. 벌통에서 떠낸, 벌집에 들어 있는 상태의 꿀 말이다.

그런데 웬걸. 벌집 아래에 낡은 명품 지갑이 떨어져 있었다. 두툼하지는 않지만, 꽤 묵직한 지갑.

이건 진짜 개꿀이다.

…]

다 됐다. 나는 그녀가 한 것처럼 [작가의 말]과 함께 원고 파일을 출판사에 보냈다.

[작가의 말

 비밀은 고혹적이다. 고혹적이란 말의 사전적 의미는 '정신을 못 차릴 정도로 아름답거나 매력적인 것'을 말한다. 순서를 바꿔 말하면 '아름답거나 매력적인 것에 빠져서 정신을 못 차린다'라는 뜻이다.
 우리는 보기 좋은 것만 보고, 듣기 좋은 것만 듣는다. 그래서 '아름답거나 매력적인 것'만 본다. 하지만 우리가 정말로 생각해야 할 것은 '정신을 못 차린다'라는 말이다. 비밀을 파는 건 고혹적이다. 그래서 아름답고 위험하다. 이것이 우리의 새로운 덫이다.]

작가 박정현

일러스트 청록

북디자인 호우인

교정   이우림

출판사
BLACK PAPER

그의 덫

그녀의 덫

그들의 덫

우리의 덫

조명 침대 머리맡 혹은 카페의 조명
미술 없음
사운드 없음

그의 덫 CAST

하정	그
동우	그의 엄마
회사 동료	소개팅남
고향 친구들	헌팅남

서술자	하정
장소 대여	하정이의 집, 파인 다이닝
음악	light music
소품	칼, 마오타이주

그녀의 덫 CAST

그	세은
하정	사장님
소개팅남	

서술자	그
장소 대여	그의 집, 야경 전망대
음악	rhapsody
소품	레인지로버 이보크

그들의 덫 CAST

세은   세은이의 그
윤   자동차 정비공
카페 사장님   자동차 정비공의 아내

서술자   세은
장소 대여   교도소, 꽃이 많은 방
음악   hip hop
소품   장미꽃

우리의 덫 CAST

하정	수습생 박정현
범죄자	대리님
양봉장 사장님	

서술자 1   하정
서술자 2   수습생 박정현
장소 대여   횡단보도 앞, 양봉장
음악   symphony
소품   지갑, 메모리 카드

Copyright 2022. BLACKPAPER
All rights reserved.

발행일 2022 / 0402
이메일 x_tatic@naver.com
ISBN 979-11-975625-2-5 03810

Cookie

 정신을 잃고 나서 언제 다시 의식이 생겼는지 알 수 없는 시점에 에덴동산에 왔다. 에덴동산이라고 표지판에 쓰여있는 것도 아니고, 한 번도 와본 적 없는 동네지만 이곳은 분명 에덴동산이 맞을 것이다. 그냥 본능적으로 그렇다고 느껴졌다. 에덴동산은 어렸을 때 읽었던 성경에 묘사된 것보다 훨씬 더 아름답고 황홀했다.

 빛이 있었고 어둠이 있었다. 태양이 낸 빛인지, 전기가 만들어 낸 빛인지, 뭐가 됐든 그 사이에 경계선이 눈에 보이는 게 신기했다. 계속 보고 있으니 광명체가 갑자기 커졌다, 작아졌다, 사라졌다, 생겨났다. 낮과 밤이 동시에 공존하다가 이번엔 또 어떤 게 먼저랄 것 없이 반복되었다.

무엇이 먼저인지 알고 싶어 흥미롭게 관찰했다.

밤이 낮보다 먼저구나. 어둠 속 작은 틈에서 빛이 새어 나와 빛으로 어둠을 가리니.

낮이 밤보다 먼저구나. 빛에 생긴 작은 균열을 칠흑 같은 어둠이 놓치지 않고 어둠으로 빛을 가르니.

한참을 고민하다, 내가 먼저 본 것이 먼저라고 결론지었다.

고차원적인 문제를 일차원적인 답으로 해결하며 '시간이 흐른다는 느낌이 이런 거구나'하고 느끼고 있을 때, 갑자기 종류대로 있는 동물들이 경복궁 지붕을 넘어 다녔다. 씨 가진 열매 맺는 나무들은 청담동 고층 백화점 빌딩 안과 밖에, 어색하지 않게 마구잡이로 심어져 있었다. 이 넓은 땅값이 조금도 아깝지 않은지, 고층 빌딩들은 빽빽하게 즐비해 있는 게 아니라 듬성듬성 세워져 있었다. 그 간격이 거의 한 개의 사단이 줄 맞춰 서 있어도 남을 정도였다. 온 땅에 있는 모든 것들이 역동적이게 변화하는 이곳은 반짝거리고 쓸모 있는 도시였다. 아니 광활하고 망망한 자연이었다.

이 아름다운 광경을 유튜브 콘텐츠로 만들고 싶어 핸드폰에 담으려 하자 역동적으로 변화하는 장면들이 정적으로 변했다. 그러고는 갑자기 선과 악이 보였다.

그게 대체 뭔지는 모르겠지만 선험적으로 왠지 그럴 것 같이 생긴 것들이 사람의 형상을 하고 멈춰있다가, 걸어 다니다가, 날아다녔다. 그러면서도 절대 뛰지는 않았다. 다시 보니 사람이 아닌 것 같았다.

이마에는 돌기가 박혀있는 뿔이 높지 않게 곡선을 이루며 뻗어 있었고, 주변에는 꽃 같은 게 공중에 둥둥 떠다녔다. 그 꽃들이 모여서 그것의 날개를 만들었고, 날개를 펄럭거리며 다시 또 무한대로 꽃을 만들어서 날개를 더 크고 견고하게 했다.

다시 보니 꽃이 아닌가? 왜 이런 생각을 했냐면, 꽃이라면 자고로 알록달록 여러 가지 빛깔에 달콤한 꽃향기가 나야 하는데 형태만 꽃 모양일 뿐 무색무취였다. 아니면 내가 한 번도 본 적 없는 꽃일 수도. 잘 모르겠다. 이 묘사하기 어려운 존재를 뭐라고 정의할 수 없었다.

어쨌든 이것들의 형체는 점점 더 커지며 위로, 옆으로,

아래로, 아니, 무언가 새로운 고차원적인 방향으로 퍼져 세상을 채워나갔다. 아무도, 그 무엇도 이것들을 없앨 수 없을 것 같았다. 몸은 따뜻했지만 마음이 추워졌다. 양팔로 몸을 감싸고 쭈그려 앉아, 생각하고 또 생각했다.

어차피 한쪽이 영원히 없어지지 않는다면, 흑과 백이기보다 상아와 군청이기를.

악과 선이 최소한의 정의로 타협하고 공존하기를.

안과 밖 어느 곳이든 배부르고 따듯할 수 있기를.

시간이 꽤 흐르고 스스로가 생각하는 것밖에 할 수 없다는 걸 깨달았을 때쯤 고개를 들고 일어났다. 여전히 눈앞에 있었지만 크기가 작아 주머니에도 넣을 수 있을 지경이었다. 그것들을 앞에 두고 다시 생각했다.

뱀의 머리를 잘랐더라면 아담은 선악과를 먹지 않았기를.

문득 어렸을 때 읽었던 성경 속 에덴동산이 생각났다. 선악이 존재하는 곳은 에덴동산이 아닌데. 그럼 여기가 어디지? 그것이 메아리처럼 뇌 속에서 울렸다.

그럼 여기가 어디지? 그럼 여기가 어디지? 그럼 여기가 어디지?

여기가 어딘지 생각하고 묻는 것만으로도 이곳이 뭔가 이상하다는 것을 자각했다. '생각한다. 고로 나는 존재한다.'라고 했나. 의식을 가진 시점부터 내가 있던 공간이 나만 빼고 비틀리더니 다른 차원의 공간에서 소리가 들려왔다.

"진작 이렇게 할걸."

Cookie 2

 새벽 공기가 이마와 머리의 경계선을 스쳤다. 상쾌한 기분이었다. 눈을 뜨고 주위를 둘러보았다. 어두웠지만 나무들이 바람에 버텨 흔들거리는 게 보였다. 귀를 열어 자동차 소리에 집중했다. 이 시간에 다들 어디를 가는지, 텅 빈 도로는 아니었다. 평소에는 신경 쓰지 않던 감각에 반응하며 오랜만에 새벽을 걸었다.

 담배꽁초와 쓰레기가 가득한 거리. 반짝거리는 네온사인이 이 지저분한 거리를 적나라하게 비춘다. 술집 안엔 단 몇 초, 아니 몇 분의 쾌락적 관계를 위해 이리저리 눈동자를 굴리며 목을 축이는 남자들이 투명한 창 안으로 보였다. 창밖 거리에는 술에 취한 여자들이 여러 개의 눈동자를 평가하고 온몸으로 낄낄대며 담배를 물고 있었다.

그녀들이 내뿜는 담배 연기로부터 고개를 돌리니, 술집 사이 골목길 끝자락에는 인사불성이 된 배불뚝이 아저씨가 고장 난 가로등을 지팡이 삼아 토하고 있었다. 내일이 되면 굳어 있을 음식물을 보고, 이제는 태연하게 빗자루를 가져올 가게 앞 사장님을 위로하며 쓰레기 더미에서 빠져나왔다.

주말이 아닌데도 꽤나 북적거리는 클럽 앞에 사람들. 그 사람들에 둘러싸인 여자 두 명이 옷매무새가 엉망인 채, 서로를 노려보며 싸우고 있었다. 이 와중에 어떻게든 한 번 해보려고 시선을 끄는 남자들도 보였다. 두 여자를 향해 있는 수십 개의 핸드폰 중 단 한 개의 핸드폰만이 경찰을 부르는 듯했다.

몇 초짜리 안줏거리를 위해 남의 불행을 응원하는 사람들, 섹스에 실패한 사람들, 술에 취해 시비를 거는 사람들, 담배 연기로 남에게 피해를 주는 사람들, 그걸 알고도 오는 비흡연자들.

술에 취한 저들과 생각에 취한 나. 나는 이 거리가 싫다. 하지만 저들은 아닌가 보다.

술 냄새가 풍기고 담배 연기로 뿌예진 이 거리가 다들 뭐가 그리 좋은지 웃음소리로 북적거린다. 서로를 탐하고 서로를 미워하는 이 거리가 어떻게 그리 좋은지 네온사인보다 환하게 웃는다. 돈은 돈대로 사라지고 자존심과 자존감을 뭉개는 이 거리가 왜 그리 좋은지 내일 다시 또 도전한다.

편의점 하나에 술집 여섯 개, 다시 편의점 하나에 술집 다섯 개가 반복되는 이곳이 바로 저들이 생각하는 이 도시의 랜드마크다.

그들이 그들의 것에서 그랬듯, 나 또한 내 것에 취해 새벽을 걸었다. 우리는 모두 각자의 것이 있음을 새벽을 통해 인정하게 되었다. 행복했다.

어느새 새벽 2시가 되었다. 오랜만에 본 친구들과 떨어지기 아쉬웠지만, 나이를 먹어서 그런지 체력이 따라주지 않았다. 길가로 나와 가장 멀리 사는 친구부터 한 명씩 택시를 잡아주니 내가 마지막이었다. 그때 익숙한 모닝 한 대가 내 앞에 멈춰서 창문을 열었다. 그였다.

"장모님이 알려줬어요."

Cookie 3

언젠가 작가님이 하신 말씀이 있다.

"조금만 더 버텨봐, 다 잘 해결될 거야."라는 류의 말은 아니었다.

죽으려는 사람들은 못 버텨서 죽으려는 게 아니니까. 죽는 게 버티는 것보다 더 나을까 싶어 죽는 거니까. 모든 것을 해결할 수 없어서 죽으려는 게 아니다. 죽음으로 모든 걸 해결하기 위함이다. 그 순간은 어떤 무언가가 그것밖에 생각할 수 없게 한다.

그녀는 내가 죽을 거라는 것을 알고 있던 걸까? 그녀도 느껴봤기에 무의식적으로 튀어나온 말일지도 모른다.

"죽기 전에는 아직 죽음이 없어."

이 당연한 문장에 나는 검은색 미소를 보였다. 어쩌면 후회할지도 모른 채로, 검은색에 슬픔을 숨겼다.

Cookie 4

그날은 하필 비가 내려 더 우중충한 날이었다. 외국 영화를 보면 야외 장례식장에서 우산을 뚫고 들어오는 빗방울에 눈물을 숨기는 건 뻔한 클리셰지만, 그날도 어김없이 비가 내렸다. 다른 점이라면, 실내여서 비는 맞지 않는다는 것이었다.

검은색 제네시스 한 대가 소리 없이 장례식장 앞에 멈춰 섰다. 검은색 정장을 입은 여자가 그것과 같은 색의 우산을 쓰고, 검은색 넥타이를 한 번 더 정리하며 고인의 방으로 들어간다. 검은색이라는 말이 반복적으로 나와 진부하지만 어쩌겠나. 이곳은 고인 앞에서 그 식구들에게 예를 표해야 하는 자리인걸.

들어가서 보이는 광경은 여느 장례식장과 다를 바 없었다. 많지도, 그렇다고 적지도 않은 화환들이 줄을 지었고, 검정 계열의 옷을 입은 사람들이 질서 없이 빈소 주변을 서성거렸다. 여자는 쓰고 있던 모자를 벗고 앞에 있는 부의록에 이름을 작성했다. 그러고는 정장 안쪽 주머니에서, 겉에서 봐도 꽤 두툼한 봉투를 꺼내 부의함에 넣었다.

헌화를 한 후, 여자는 기독교 신자였지만 영정 앞에서 두 번 절을 했고 상주와 맞절을 한 번 더 했다. 옆에서는 왼쪽 머리에 흰색 리본을 하고 검정 삼베옷을 입은 사람이 울고 있었다. 뒤쪽 밥을 먹는 자리에서는 너무 우울하지 않으려고 가볍게 웃고 있는 사람들도 몇 있었다. 그래도 역시 무표정을 하고 적당히 예를 갖추는 사람들이 가장 많았다.

여자는 우는 쪽일까, 웃는 쪽일까, 표정이 없는 쪽일까. 아니면, 셋 중 어떤 쪽도 아닐까?

대체 그녀는 어떤 표정을 하고 있었을까. 표정을 짓는다는 것은 감정을 표출한다는 것이다. 그것은 무표정도

마찬가지다. 무표정이라는 표정을 지은 것이기에. 이 변호사의 장례식장에서 그녀의 표정은 검은색으로 새까맣게 물들어 있었다.